KB191004

일억 번째 여름

소설Y

일억 번째 여름

초판 1쇄 발행 • 2025년 5월 16일
초판 2쇄 발행 • 2025년 6월 19일

지은이 • 청예
펴낸이 • 염종선
책임편집 • 김준성
조판 • 박아경
펴낸곳 • (주)창비
등록 • 1986년 8월 5일 제85호
주소 • 10881 경기도 파주시 회동길 184
전화 • 031-955-3333
팩스 • 영업 031-955-3399 편집 031-955-3400
홈페이지 • www.changbi.com
전자우편 • ya@changbi.com

ⓒ 청예 2025
ISBN 978-89-364-3155-6 03810

일억 번째 여름

번째

장편소설

청예

창비

차
례

$$○ = ●$$

$$△ = ▽$$

$$◁ = ▷$$

$$○ + ● + △ + ▽ + ◁ + ▷ = ◎$$

$$◎ = ♺$$

어두운 꽃이 푸르러지는
일억 번째 여름이 오면
낡은 한 종족은 반드시 멸망한다.

이 땅에 두 개의 흔적을 남기니,
부디 선량한 지혜가 깃들기를.

1부

빛이
있으라

우리에게는 반드시 살리고 싶은 사람이 있다.

고열을 앓고 나면 더욱 건강해지듯이 이 행성은 건강해지기 위해 열병을 앓는 걸지도 모른다.

솟아오르는 아지랑이를 따라 꽃들의 줄기가 하늘로 솟구친다. 뙤약볕을 움켜잡은 꽃잎들은 입을 벌리고 향기로 노래한다. 나팔꽃은 둥근 마음으로 해를 찬양하고, 장미는 타오르는 정열로써 대지를 수호하지. 메꽃과 돌양지꽃이 거대한 잎을 맞잡고 몸을 섞는다. 그 중심에 태산 같은 해바라기가 우리의 행성 랑데부(rendezvous)와 시선을 맞추며 바람이 불 때마다 깜빡거린다.

빨간색. 꽃들은 옛 조상들이 포도를 담가 만든 술보다 더욱 진한 붉음을 안다. 노란색. 어린아이의 웃음만큼 진실된 황금빛 미소를 알며. 하얀색. 속에 무엇이 들었는지 감추지 않는 투명을 안다. 온 세계에 짙은 향이 커튼처럼 나부끼고, 날마다 새로운 무지개가 피어난다.

무한한 숲과 산. 그 초록에는 얼룩 한 점이 없다. 어떤 풀도 시들지 않는다. 어떤 가지도 타들지 않는다. 하늘을 시기하여 높게 뻗어 가는 나뭇잎들은 그야말로 땅에 펼쳐진 녹색 하늘. 무수하다. 대지는 흙과 돌로 이루어진 용. 승천을 소망하며 여름의 수를 헤아린다.

바다. 이 바다만큼은 고대 선조들이 살았던 오래전의 여름과 다름없다. 눈동자를 적시는 물 비단은 영원히 변하지 않을 것이다. 그러니 청색은 가장 진실된 색이다.

"다녀오겠습니다."

"이번에도 무사히 다녀오렴."

"당연하죠. 돌아오면 둘이 먹다 둘 다 죽어도 모를 주먹밥을 만들어 주세요."

"둘이 먹다 둘 다 죽으면 당연히 모르는 거 아니니?"

"아무튼요."

"주홍아, 돌아오면 네 다음 생일 파티를 계획해 보자. 온 주민이 다 모여서 특상 주먹밥을 만들어 먹으면 좋겠네. 모르는 것들이 보여도 두려워하지 말고 나아가렴. 너는 언제나 잘 해낼 거란다."

이건 집을 나설 때 이록의 어머니와 나눴던 대화고, 지금 나는 이록을 업고서 뜨거운 모래사장 위를 걷고 있다.

내 등에 업힌 이록의 무게가 갈수록 생생해졌다. 여름이 깊어지는 일은 곧 너의 무게를 실감하는 일이다. 너를 업고 걷는 일이 어제보다 덥다고 느껴서는 안 된다. 어제보다 더 많은 땀을 흘려서는 안 된다. 어제보다 지쳐서도 안 되지. 완전히 같아야만 한다.

절대 일억 번째 여름이 와서는 안 되니까.

"주홍 누나, 새여름이 시작된 건 아니겠지?"

"무서운 소리 할 바에 재미없는 농담이나 해."

"어떤 농담?"

"네가 어제보다 살이 더 찐 것 같다는 농담."

"그거 농담 맞아?"

"좀 무겁기는 해."

나는 장난을 치며 몸을 흔들었다. 업고 있느라 구부러진 무릎을 튕기듯이 펴니 등에 매달린 이록이 공중에 살짝 떴다가 다시 등에 달라붙었다. 그 짧은 순간에 바람이 우리 사이를 관통했다.

뜨거운 것과 덜 뜨거운 것. 여름의 온도와 땀이 식은 내 등의 온도. 서로 다른 두 온도가 손을 맞잡으니 시원하다는 감각이 태어났다. 달아오른 내 몸도 이 여름의 온도보다는 시원하다.

세상의 모든 시원함은 뜨거움이 있어야만 존재한다.

"누나 생일 파티 전까지는 살을 뺄게."

"뺄 필요 없어. 너 같은 꼬마가 무거워 봤자야."

"거짓말."

"맞아, 거짓말이야. 지금 힘들어."

"업고 다니는 일이 그렇게 힘들면 이제 내 다리로 살고 싶지도 않겠네?"

"아니, 나는 천년만년 네 다리로 살 거야."

"왜?"

"그게 내 쓰임이니까."

열 살부터 열일곱 살이 된 지금까지, 나는 이록의 다리가 되어 언제나 함께 다녔다. 누군가를 업고 걷는 일이 결코 혼자 걷는 일보다 편할 수는 없었다. 하지만 그 고된 일을 앞으로도 쭉 이어 갈 생각이다.

그 이유야 설명한 대로다. 이록을 업고 다니는 일이 나의 쓰임이니까.

"족장이라 억지로 하는 거면서 거짓말해 주는 거지?"

"응, 거짓말이야."

"누난 거짓말을 밥 먹듯이 해."

"솔직하면 손해 보거든. 너도 필요할 땐 거짓말을 하며 살아."

"내가 부탁하는 거짓말도 해 줄 수 있어?"

"듣고 싶은 거짓말이 있다면 해 줄게."

행성의 머리칼을 눕히려는 더운 바람이 멀리서부터 불어왔다. 사박거리는 황색의 모래를 밟고, 고개 숙이는 나뭇가지들을 지나쳤다. 사람 몸통만 한 나비와 파리. 그 파리를 잡아먹기 위해 동굴 같은 입을 찢는 형형색색의 거대 파리지옥들. 무한한 여름 속에서 살아남은 식물들은 하나같이 거인이 되었다. 이록을 업고서 장엄한 세계를 계속 가로질렀다.

"내가 형이랑은 다르다고 말해 줘."

나는 의도치 않게 약간의 뜸을 들였다. 지금의 이록과 몹시 닮은, 남빛이 살짝 도는 긴 흑발을 지닌 아이가 머릿속에 스쳐 지나갔다.

"넌 일록과 달라. 이건 거짓말이 아니야."

이록 역시 약간의 뜸을 들인 후 대답했다.

"고마워."

참 더웠다. 거짓말을 할 때도, 진실을 말할 때도 여기에는 온통 더위뿐이다.

"누나 생일이 올 때까지 새여름이 시작되진 않겠지?"

"꼭 내 생일이 둠즈데이가 된다는 말처럼 들린다야."

"그런 뜻은 아니야. 요즘따라 꽃들이 이상하게 크게 피어서 그래. 누나도 알겠지만 새여름이 시작되면 꽃이 커지잖아."

"걱정하지 마. 새여름은 안 올 거야."

"확실해?"

"확신해."

"또 거짓말이지?"

앞만 바라보며 바닷가를 따라 계속 걸었다. 재잘거리는 물이 파도가 되어 우리에게 다가오려다 지쳤는지 모래사장 위에 풀썩 쓰러졌다. 물이 누운 자리는 그러지 않은 자리보다 훨씬 선명했다. 짠 냄새를 동반한 물비린내와 거친 모래 내음이 존재감을 과시했다. 부서져 흩날리는 포말이 바람과 악수를 나누니 온 얼굴이 습해졌다. 흔치 않은 평화였다. 아주 잠깐씩만 시원해지는 이 행성처럼.

더워하면 안 돼. 더워하고 있다는 걸 들켜선 안 돼. 절대 일억 번째 여름이 오고 있음을 생각해선 안 돼.

아무리 한 계절밖에 없다고 해도, 우리의 여름은 두 가지로 나뉜다. 모든 여름은 새여름으로 시작해 끝여름으로 종결되는 사이클을 가지며 그 길이는 매번 달랐다. 이런 사이클이 있는 이유는 행성과 함께 창조된 첫 번째 생명체 '빛균' 때문이다.

"주홍 누나, 오늘 시찰이 끝나면 어둠꽃 개화를 확인하고 가자."

"안 폈겠지."

"당연히 안 폈을 텐데, 혹시나 해서 말이야. 빛균의 사이클이 다시 움직이는 것 같아서 그래."

"거참, 무서운 소리 하지 말고 농담이나 하라니까 그러네."

"난 누나처럼 뺑쟁이가 아니라서 농담 같은 거 못 한단 말이야."

"무겁다고 말한 건 농담 아닌데."

"아 좀!"

이록은 나의 놀림에 토라져 한동안 말을 하지 않았다. 늘 있는 일이었다.

다시 빛균에 대해 설명하자면, 모든 큰 존재는 작은 존재로부터 창조된다. 물방울이 모여 파도가 되고 풀잎이 모여 숲이 되듯이. 또한 세포가 모여 사람이 되듯이. 시간을 거슬러 태초로 가면 언제나 시작은 작은 것들로부터 나타나고, 그중 가장 작은 것은 미생물이다. 우리 행성에 최초로 출현한 그 작은 요람이 바로 '빛균'이었다.

빛균은 빛으로 광합성을 한 뒤 산소를 내뱉기 때문에 개체 수가 많아지면 세상에 더 많은 산소가 공급된다. 산소를 필요로 하는 무수한 생물들이 빛균의 탄생 이후에 창조됐다. 소행성 충돌 후 우리 행성에 여름만 있게 되면서 빛이 폭증해 빛균이 늘어났고, 빛균이 뱉는 산소도 많아졌다. 산소가 많아질수록 생명체는 비대해지기 마련. 동식물들의 몸집이 어마어마하게 커진 현상은 산소를 내뿜는 빛균의 축복 덕이었다.

랑데부의 빛은 불규칙적으로 강해졌다 약해지기를 반복하는데, 새여름이란 랑데부의 빛이 강해지는 시기다. 이때 빛균이 늘어나 식물들의 몸집이 커진다. 반면에 빛이 쇠락하는 시기를 끝여름이라 하는데, 빛균도 줄어들고 식물의 크기도 작아진다. 빛균의 사이클이 바로 여름의 사이클인 셈이다.

"이록아, 과연 지금은 몇 번째 끝여름일까?"

"더 이상 여름의 순번을 세는 사람은 없으니 아무도 모르지."

"그런데 이번 끝여름은 이상하리만치 긴 것 같아."

"내가 불안한 이유가 바로 그거야. 뭐 설마…… 일억 번째 여름의 징조겠어?"

"설마라는 말 하지 마. 그 말만 하면 다 진짜가 돼."

모두가 바랐다. 더 이상 무서운 새여름이 시작되지 않기를. 다시 식물이 자라지 않기를. 꽃과 나무의 번성은 곧 빛균의 번성이요, 우리 세계에 두려운 새여름이 시작된다는 선언이었다. 그리고 일억 번째 여름이 다가온다는 뜻이기도 했다. 절대 있어선 안 되는 일이었다.

"누나, 무슨 생각을 그렇게 골똘히 해?"

"넌 식물도 아닌데 왜 자꾸 커질까 하는 생각."

"사람을 놀리는 데 집요한 구석이 있다니까. 시찰이나 열심히 하자."

복잡한 생각 중에 목적지인 콜로나(kolona) 앞에 도착했다. 콜로나는 고대 선조들이 소행성 충돌 전에 남긴 특수한 장소인데, 정확히 말하자면 '고대어 기록'이 남은 동굴을 일컬었다.

대다수의 **미미족**은 활자를 읽지 못했고 극소수만이 언어를 읽고 쓸 줄 알았다. 그중에서도 고대어 해독까지 가능한 사람은 드물었다. 현재로서는 이록만이 신인류 네오인 중 유일한 해독가였다.

우리는 '궁극의 원천'이라는 신비한 힘을 찾고 있다. 고대

선조가 남긴 두 가지 흔적 중 하나인, 구인류 시대 에너지의
정수가 담겨 있다는 궁극의 원천. 그것을 찾고자 콜로나 시찰
을 해 주는 대가로 미미족은 식량을 배급받았다.

이기적인 **두두족**으로부터.

이록을 등에서 내린 뒤 물에 불린 미역처럼 자라난 검은 머
리칼을 핀으로 고정해 주었다. 이록은 손길을 사양하지 않고
잔머리까지 귀 뒤로 싹 훑어 넘겼다.

이번 콜로나에 적힌 건 고대 국가인 한국과 미국, 일본과 중
국이라는 곳에서 사용된 언어라지. 아무리 봐도 내 눈에는 서
로 다른 개성을 지닌 도형들의 집합처럼 보일 뿐이었다.

止めることをお勧めします。
여기서 가장 가까운 콜로나는 남쪽 바다에.
You're getting closer to a hidden place.
从这里往回走。

"남쪽 해안가에도 콜로나를 만들어 뒀대."

"거긴 또 어디야."

"기다려 줘. 위치를 해독해 볼게."

"콜로나는 하나만 만들어 두지 뭐 하러 이렇게 많이 만든
거래? 선조들은 알고 보면 악마가 아니었을까? 이렇게 후손
들을 뺑뺑이 시키다니."

"누나는 말을 좀 상냥하게 할 필요가 있어."

나는 노랫말을 붙여 반항적으로 흥얼거렸다.

"이렇게에 후손들을 삐앵삐앵이 시키다니이이."

이록은 신경 쓰지 않고서 자기 할 일을 계속했다. 이 아이는 머리가 비상한 대신 선천적으로 다리 힘이 무척 약했다. 조금만 걸어도 통증에 괴로워했으며 내가 업어 주지 않으면 고통에 호흡이 가빠지기도 했다.

"이록아, 힘들면 망설이지 말고 말해."

"이 정도는 버텨 볼게."

이록이 아직 덜 자란 하얀 다섯 손가락을 뻗어 동굴 벽을 짚었다. 그 손에 맞닿은 글자들은 어둠 속에서도 형체를 상실하지 않았다. 나 또한 고대어를 해독하기 위해 머리를 굴려 보았지만 아무리 보아도 멸종된 문명의 언어는 이해가 불가했다.

어쩌면 고대 선조들은 나와 전혀 다른 생명체들이었을지도 몰라. 오징어 인간이나 해파리 인간 같은 것들. 이렇게나 말이 안 통해서야, 원.

"시찰을 하면 할수록 이상한 경고가 가득해."

"혹시 용자 테스트 아니야? 진짜 용감한 자들만 이 힘을 가질 자격이 있도다! 뭐 그런 거."

나는 한 손을 콜로나 천장을 향해 높이 치켜들고 용맹한 기사 흉내를 냈다.

"궁극의 원천을 찾으면 너희 아버지에게 식량을 두 배 늘려 달라고 요구하자."

"픽이나 그렇게 해 주겠다."

"두두족이 쓰려고 찾는 건데 합당한 보상을 줘야지! 그리고 누누이 말하지만 우리도 일부는 받아 내야 해. 전부 다 줘선 안 돼."

"찾은 후에 죽이지나 않으면 다행이지⋯⋯."

"또 무서운 소리 한다!"

"원래 진실은 무서운 법이야."

이록의 정수리에 꿀밤을 먹였다. 그 누구도 때리지 않는 나이지만, 이록이 선생님처럼 굴 땐 가끔 때렸다. 당연하게도 이록은 쥐어박힌 부위를 감싸 쥐며 펄쩍펄쩍 날뛰었다.

이록의 분노와 마주하면 죽은 줄 알았던 짐승의 움직임을 확인하는 것처럼 안도가 됐다. 이 아이가 곁에서 오래도록 화를 내고, 소리를 치고, 날뛰며 살아 주길 바란다.

지금보다 더 약해지지 않기를.

"업어 줄게. 이제 돌아가자."

"날 때렸으니까 생일 선물은 기대도 하지 마."

"코 묻은 선물은 줘도 안 가지네요."

"난 이제 어린애가 아니야."

"네가 내 생일 안 챙겨 줘도, 난 네 생일 챙겨 줘야지. 그래서 미안하게 만들어야지."

이록을 다시 업고 동굴을 나섰다. 이록은 혼자서 꿍얼거리며 한 달 뒤에 있을 내 생일날의 복수 계획을 읊었다. 결단코 축하를 하지도, 선물을 주지도 않을 거라며. 어차피 매번 내 등에 붙어살아야만 하는 달팽이 집 같은 녀석이면서 복수는 무슨 복수.

이록은 바보였다. 고작 생일 선물 하나 안 주는 걸로 명색이 미미족 족장인 내가 슬퍼할 리 없었다.

"어린애라는 소리 들으면 싫니?"

"싫지! 고작 한 살 차이인데."

"근데 난 네가 계속 어린애였으면 좋겠다."

나이 한 살 더 먹은 것 가지고 참 유별나다며 이록이 학을 뗐다. 나는 보란 듯이 고개를 흔들며 장난쳤다. 옆으로 묶은 머리가 팔랑거릴 때마다 약이 오르는지 이록이 부리질을 하는 산새처럼 손으로 머리를 툭툭 쳤다.

등에 업힌 네가 계속 어렸으면 좋겠다. 영원히 동생처럼. 아니다, 조금은 자라 주었으면 좋겠다. 절대 동생은 아니라는 듯이. 그것도 아니다. 그냥 시간이 멈춰 영원히 오늘 같은 날만 반복되면 좋겠다. 더 나아가지 않고, 더 퇴보하지도 않고.

"이록아, 그런데 선조들이 남긴 그 도형은 여전히 해독이 불가능해? 내가 보기엔 고대어랑 다를 바가 없어 보이는데."

이록을 업은 채로 한 손만 간신히 써 주머니에서 예언서를 꺼냈다. 네오인으로 태어난 이 행성의 사람이라면 모를 리 없는 그림이었다.

$$\bigcirc = \bullet$$

$$\triangle = \triangledown$$

$$\triangleleft = \triangleright$$

$$\bigcirc + \bullet + \triangle + \triangledown + \triangleleft + \triangleright = \circledcirc$$

$$\circledcirc = \text{♻}$$

오래전부터 해독가들이 도형의 의미를 알아내고자 애를 썼지만 비밀을 푸는 데는 실패했다. 무엇을 갖다 넣어도 그럴듯한 의미가 나오지 않았다.

"아직 잘 모르겠어. 왜 이것만 언어가 아닌 도형으로 했을까? 중요하지 않아서일까?"

"아닐걸. 안 중요하다면 굳이 예언으로 남길 이유가 없잖아. 어렵게 남겨 놓은 걸 보면 많은 사람에게 쉽게 해석되길 바라지 않은 것 같아."

"이건 언어적 해석으로 접근해도 답이 안 나오는데."

"언어적 해석이 뭔데?"

"대부분의 언어에는 '뿌리'가 있어. 멸종한 선조들이 사용했다던 영어라는 언어로 예를 들자면 'sacrifice'라는 단어가 그래. 이 단어는 sacra와 facere라는 두 개의 뿌리로 이뤄져 있어. sacra는 성스러움을 뜻하고 facere는 수행을 의미해. 둘을 합치면 뭐겠어?"

"성스러운 수행?"

"맞아, 성스러운 수행. 그래서 고대어 sacrifice는 희생하다, 라는 뜻을 갖고 있어. 뿌리가 자라 열매가 되듯이 언어의 의미도 뿌리에서부터 만들어지는 거야."

"그렇다면 저 도형은 어떻게 언어적 해석이 가능한데?"

"각각의 도형이 나타내는 개별적 의미들이 합쳐질 때 만들어지는 것을 추론해야 해. 그런데 흰 원과 검은 원이 어떻게 같고, 정삼각형과 역삼각형이 어떻게 같다는 건지 모르겠어."

이록은 참 신기한 아이였다. 등에 업혀 있을 땐 한없이 약했지만, 자신이 할 수 있는 일을 할 때는 어른이 됐다. 나는 이록이 해독 이야기를 하는 게 좋았다. 모든 걸 알아듣진 못했고 이록도 모든 걸 설명하진 않았지만, 적어도 그런 말을 할 때의 이록은 건강히 살아 있었다.

생각을 하고, 의문을 느끼고, 감정을 표현하는 동등한 인격체로서.

언젠가 이록의 어머니는, 언어란 몸의 눈으로 읽고 마음의 눈으로 해석하는 것이라고 했다. 그렇다면 지금의 이록 또한 내게는 하나의 언어였다.

문득 이록이 팔을 뻗더니 콜로나 초입의 귀퉁이를 가리켰다.

"잠깐. 저기에……."

목소리 끝이 퍼석하게 갈라지는 것이 일반적이지 않았다. 불길한 예감은 많은 정보를 품지 않아도 송곳처럼 날카로웠다. 팔뚝의 여린 살이 찔릴 때와 같은 불쾌가 솟구쳤다. 멀지 않은 곳, 발목을 찰랑이는 풀들 사이에 어둑한 색이 솟아나 있었다.

"설마……."

우리 행성에서 유일하게 낮은 키로 자라는 식물. 모두가 랑데부의 빛을 향해 잎을 벌리는데 희한하게도 콜로나 인근의 그림자 속에서만 살아가는 풀. 결코 한 번도 개화한 적이 없어 늘 봉오리로만 존재했던 꽃. 입을 벌리니 감히 청색을 세상으로부터 훔쳐 내어 버릇없이 푸르게 웃는 생명체.

그것은 한 무더기의 어둠꽃이었으며, 어둠꽃의 개화는 예언 속 종말의 상징이었다.

기어코 일억 번째 여름이 시작되고 말았다.

주홍의
여름

1

"전부 짓밟아 버리자."

이록을 잔디 위에 내려놓은 다음 꽃을 향해 발길질을 했다. 허벅지에 힘을 주고 발을 곧게 펴서 푸르스름한 꽃들을 마구 밟고, 으깨고, 짓이겼다. 높게 올려 묶은 주홍색 머리칼이 이리저리 흔들리며 폭력적인 행동에 맞추어 춤을 췄다. 파란 꽃들의 입은 무참히 찢겨 갔고, 죽음 밖으론 푸른 즙이 새어 나왔다.

과격한 내 모습을 본 이록은 당황하면서도 가까스로 나의 허리춤을 부여잡았다. 나를 제어하는 유일한 존재였다.

"말리지 마. 이 꽃들만 다 죽여 버리면 일억 번째 여름이 온 걸 아무도 모를 거야. 세상도 모르겠지?"

"그만둬."

"이런 풀때기는 다 죽여 버리면 돼."

이록이 나를 막아선다 해도 일억 번째 여름을 허가할 생각은 없었다. 기어코 시작됐다면, 두두족이 알지 못하게 숨겨야만 했다.

세상의 모든 진실은 감출 수 있다. 진실이란 감춰야만 가치 있는 것이지.

"그만하라니까!"

"다치고 싶지 않으면 방해하지 마."

"제발 진정……."

이록이 힘도 제대로 들어가지 않는 흐물한 팔로 나의 상체를 감쌌다. 이 아이를 뒤로 밀쳐 버리고 종말의 꽃을 다시 짓밟을지, 고작 너 하나 다치지 않게 하려고 종말을 바라보기만 할지 선택해야만 했다.

"꽃을 죽여도 이미 온 여름은 저물지 않아."

팔굽혀펴기 하나 못하는 주제에 이록이 하는 말에는 때때로 거역하지 못할 힘이 깃들었다. 나는 단정한 얼굴을 한 아이의 잔인한 말에 맥이 빠져 버려 주저앉았다. 탄식이 나왔다.

발밑에 뭉개진 어둠꽃들을 바라보았다. 청색은 행성에서 가장 진실된 색. 그래서 가장 천대받는 색. 풀밭 위에 흩뿌려진 어둠꽃들의 푸른 피에는 향기조차 없었다. 키가 작고 볼품없는 데다가 콜로나 옆, 그늘진 곳에서만 자란다 하여 이 꽃은 불길한 식물로 취급됐다.

그 재수 없는 식물이 말했다. 일억 번째 여름이 당도했고,

이것을 바꿀 수는 없노라고. 나는 고개를 숙이고 빌어 보았다. 없던 일로 해 주시면 안 될까요? 지금이라도 꽃봉오리를 단으시고, 지난 끝여름으로 돌아가 주세요. 갖고 있는 가장 좋은 옷을 드릴게요. 원하시면 삼시 세끼를 다 굶을게요.

자연은 대답하지 않았다. 단 한 번도 나의 부름에, 내가 바라는 방식으로 응답하지 않았다. 간절함의 틈을 꾸역꾸역 비집고는 고개를 쳐들어 나쁜 소식을 전했다. 물로 씻어 버려도 어떻게든 돌을 감싸는 이끼들처럼.

"나는 아직 죽고 싶지 않아……."

"궁극의 원천만 찾으면 아버지가 죽지 않을 방법을 공유해 줄지도 몰라. 선조들도 낡은 한 종족이 멸망한댔지, 몰살이라고 예언하지는 않았잖아."

"그거나 그거나! 아무리 콜로나를 시찰해도 그 궁극의 원천이 발견되지 않잖아. 개 같아. 선조들이 우리한테 사기 친 거야. 이록아, 어쩌면 궁극의 원천 같은 건 처음부터 존재하지도 않은……."

"진정해. 내가 더 노력해 볼게."

"나는 더 노력하고 싶지 않아. 무섭다고!"

"알아. 누구보다도 힘들다는 거."

"너한테 이런 약해 빠진 소리도 하고 싶지 않아."

"해도 되니까 너무 겁먹지만 말자. 부탁이야."

이록이 나의 어깨를 두드리며 가리켰다. 잔디 위 유일하게 죽지 않은 어둠꽃 하나가 남아 있었다. 이록은 그 꽃을 꺾어다가 내 손 위에 올려 주었다. 나를 절망시킨 생명체는 푸른 바다 위를 비상하는 물총새같이 어여뻤다.

"누나가 무서워하면, 나는 더 무서워져."

*

콜로나 근처에는 반드시 검은 폭포가 있다.

랑데부의 빛 아래에 있음에도 폭포는 순수한 검정을 잃지 않았다. 어른들의 말로는, 선조들이 콜로나 근처의 땅 밑에다 궁극의 원천을 조금씩 묻어 두어 폭포의 색이 바뀌었다더라. 주변에 콜로나가 있음을 알리기 위한 상징인 걸까.

수상쩍은 냄새가 나기 때문에 폭포 물을 마시는 건 엄금이다. 오래전 이 물을 멋대로 마셨다가 온몸의 피부가 벗겨져 죽은 사람이 있다고 했다.

또한 검은 폭포는 다른 물보다 온도가 낮아, 곁에 있으면 시원한 바람이 불었다. 우리는 폭포 옆의 암석 위에서 잠시 휴식을 취하기로 했다. 말이 휴식이지 머릿속이 어지러워 하나도 쉬는 것 같지 않았다. 영혼을 포박당한 사람처럼 검은 물이 추락하고, 또 추락하는 모습만 하염없이 바라보았다.

"머리 다시 묶어야겠다. 묶어 줄까?"

대답하지 않았지만 이록은 조용히 내 머리를 빗었다. 자신이 업힐 때 머리카락이 얼굴에 닿지 않게끔 늘 사이드테일로 묶어 주곤 했는데, 혹시라도 손끝이 두피를 긁을까 봐 최대한 조심스레 손빗질했다. 둥그런 손끝이라면 닿아도 아프지 않을 테지만, 나는 이록이 나를 배려하도록 놔두었다.

"주홍색 잔머리가 너무 많이 자랐어."

나의 시선은 무엇도 목격하지 않으려는 의지로 허공만 가로질렀다. 그럼에도 지나치게 강한 빛 탓에 무참히 발가벗겨진 세계가 훤히 보였다. 아무것도 보고 싶지 않은데도.

우리가 사는 행성에는 밤이 없었다. 오로지 낮만 존재했다. 정확히 말하자면, 항성 랑데부와 마주 보는 행성의 앞통수에는 낮만이, 행성의 뒤통수에는 오직 밤만이 존재했다. 과거 소행성 충돌로 인하여 자전축과 공전 궤도가 비틀리고 천체 간의 중력이 기묘하게 대치함에 따라 행성임에도 불구하고 움직임이 멈추었다. 우주의 구체들이 서로를 붙잡아 두던 보이지 않는 인력이 틀어진 셈이었다. 더 이상 랑데부는 우리의 하루하루를 갱신하지 못했다. 고대 선조들이 살았던 행성계와는 전혀 다른 메커니즘으로 움직이는 이 행성의 새로운 물리 질서를 우리는 여전히 다 알지 못했다.

멈춘 행성에서 네오인은 자연의 움직임에 따라 시간을 셌다. 나이를 셀 때는 흑청상어의 귀환을 기준으로 삼았는데, 그들은 천적이 없는 행성의 뒤통수 구역 바다에 알을 낳은 뒤 이곳으로 돌아오는 사이클을 갖고 있다. 떠남과 귀환에 소요되는 시간을 일 년으로 셌다. 난 올해 열일곱 살이니, 흑청상어의 귀환을 열일곱 번 보았다.

그 열일곱 번의 시간 동안 빛은 한시도 이 세상에서 물러난 적이 없었다.

"너무 꽉 묶지 마. 두피 당겨."

"정신이 좀 들어?"

"정신은 아까도 있었어."

"패닉에 빠진 줄 알았어. 폭포 곁에 계속 있는 건 위험하니까 쉴 자리를 옮기자."

마을 방향으로 걸어가니 커다란 버드나무가 보였다. 이록을 업은 나는 느린 속도로 나무 그늘의 품에 안겼다. 세 명 정도는 얼싸안아야 겨우 가려질 두툼한 기둥에 이록을 기대 주고 나 또한 곁에 앉았다. 아래로 머리를 늘어뜨린 여인처럼 버드나무의 기다란 가지들이 우리의 쉼을 내려다보았다. 땀이 비처럼 쏟아지는 여름 속에서 바람은 베개가 되어 줬다.

"여기서 한숨 자고 가자. 생각도 정리할 겸."

"알겠어."

팔뚝을 맞대고 앉아 버드나무에 한껏 기댔다. 랑데부의 빛에 바짝 마른 나뭇가지 사이로 은은한 향취가 풍겼다.

콜로나 시찰을 하는 날이면 조용한 장소를 찾아 둘이서 잠을 자고 돌아갔다. 나는 고요한 자연 속에 이록과 둘이서 남겨지는 순간을 좋아했다. 그러나 예전의 평화가 오늘은 느껴지질 않았다. 일억 번째 여름. 그것만 생각하면 세상은 온통 사막이 되었다. 숨이 콱 막히고 속이 메스꺼웠다.

괴로운 건 딱 질색인데. 이 행성에서 살아가려면 너무 많은 투쟁이 필요했다.

몸이 고되다는 핑계로 이록의 어깨에다 고꾸라져 박히듯 머리를 푹 밀었다. 이록을 업고 다닌 지도 꽤나 오래됐다. 과거에는 어깨가 좁아 기댈 수 없었다. 나는 은근히 눈을 내리깔고 이제는 한 사람의 기댐 정도는 받아 내는 아이의 허벅지를 보았다. 짧은 반바지 밑으로 보이는 피부에 생기 따위는 없었지만, 성실히 자라고 있었다.

이 아이도 내가 어깨를 기댈 때 내 허벅지를 바라볼까? 눈치채지 못하게 눈을 굴려 나날이 달라지는 타인을 구경했다. 업고 있을 때마다 느끼지만 이 아이의 몸은 나와는 다른 형태로 자라났다. 점점 달라지는 우리의 차이가 궁금하여 괜히 네 허벅지 살결 위에 손가락을 슬쩍 내려놓고는 빙빙 굴렸다. 너는 그것이 가려운지 움찔거리면서도 피하지 않았다.

벌써 칠 년. 나는 이제 열 살이 아니고, 너도 이제 아홉 살이 아니지만 나는 무엇이 우리를 열일곱 살과 열여섯 살로 만들었는지 도통 정의하지 못했다. 다만 바람이 아무리 불어도 자꾸만 뜨거워지는 열감만큼은 이전보다 선명해졌다.

여름은 내 안에도 있다.

이럴 때면 예고도 없이 모든 게 역겨워졌다. 눈앞에 있는 몸을 보며, 보이지 않는 부분을 상상하다니. 종말의 여름을 목격했으면서도 곁에 있는 육체만을 예민하게 감각하는 나 자신이 끔찍했다. 타인을 보고 있음에도 타인을 상상하는 낯선 욕망을 받아들이기 어려웠다. 스스로가 더럽고 추하다 느껴져 고개를 홱 돌렸다.

예전에 나는 평범한 아이였는데, 이록의 다리로 살며 조금씩 징그러운 사람이 되어 갔다. 그러니까 공평하게 너도 나를 따라 징그러운 사람으로 자랐으면 좋겠어. 아니, 너는 내가 이런 생각 하지 않게끔 늘 어린아이로 남아 주면 좋겠어. 누군가와 함께하는 시간이 길어질수록 나는 단순하지 않은 사람이 되어 갔다.

이런 생각들이 영 싫었다. 복잡해지고 싶지 않았다. 그런 고민들은 끝내 스스로를 미워하는 결말만 만드니까. 네 곁에 있으면 나는 어제보다 오늘 더 나를 싫어하고, 오늘보다 내일 더 나를 불신할 텐데. 살면 살수록 소중한 사람들과 엉키고 섞이는 것이 버거워졌다. 때때로 타인은 내게 너무 뜨겁다.

여름이 깊어지고 있다. 내 안과 밖 모든 곳에서.

"왜 그래? 어디 불편해?"

"아니, 잘래."

"그럼 나도 잘래."

"이록아, 자고 일어나면 다 없던 일이 될까?"

이록은 답하지 않았다. 녀석은 빈말로라도 거짓말을 못 했다. 그 순수함을 원망하며 눈을 감았다. 꿈만큼은 평화롭기를 바랐다. 허나 고요를 향한 염원은 너무나 취약해서 항상 나쁜 타이밍에 깨지기 마련이었다.

"하등한 것들아. 지금 잠이 오냐?"

누군가 조약돌로 나와 이록의 이마를 가격했다. 아파하며 눈을 뜨니 아니나 다를까 그 자식이 서 있었다.

"콜로나 시찰을 하나라도 더 할 시간에 잠이 오느냔 말이다."

회백색의 메탈 백마를 타고 나타난 존재. 우리를 감시하고 콜로나의 시찰 결과를 보고받는 미미족의 배신자. 이록의 배 다른 형 일록이었다.

"보면 몰라요? 이번에도 허탕이에요. 보고는 천천히 할 생각이었어요."

"천천히? 네 입에서 나와야 할 말이라곤 재깍재깍밖에 없어. 주홍, 네 손에 씌워진 두두족의 글러브가 공짜인 줄 알아? 한두 번도 아니고 학습 능력이 없는 건지."

"다음 행선지는 남쪽 바다의 콜로나래요. 됐죠?"

일록이 메탈 백마에서 내려 우리 쪽으로 걸어왔다. 버드나무 그늘 영역으로 들어오자 그의 새하얀 얼굴에 잎새들의 그림자가 드리웠다. 어깨를 넘을 만큼 기다랗고 탐스러운 흑장발은 이록의 것과 비슷했다. 누가 봐도 형제라는 티가 났다.

"아직도 계급 차이를 모르나 본데, 자꾸 까불면 쥐도 새도 모르게 죽여 버리는 수가 있어."

"동생한테 밀려서 미미족을 배신한 주제에 신분 상승했다고 협박하는 꼴 좀 봐."

"죽고 싶구나?"

"내가요? 아니면 네가요?"

나는 검지로 눈 밑 살을 눌러 당기며 혓바닥을 내밀었다. 배신자 일록은 우리보다 우월한 신분이 됐지만, 내가 보일 존중은 파리 발톱만큼도 없었다. 이것은 미미족 족장으로서 지켜야 하는 자존심이었다.

"너흰 그냥 궁극의 원천을 발견하기 위한 도구일 뿐이야. 알아?"

"모르겠는데요."

"정말 끝장나고 싶니?"

"내가 끝장나면 고대어 해독도 못 할 텐데요?"

"고대어 해독은 이록이 하는 거지, 네가 하는 게 아니야."

"내가 없으면 누가 이록을 업고 다니죠? 이록한테 밀려서 두두족 끄나풀이나 된 배신자 형이 직접 업어 줄 건가?"

"이 열등한 것이!"

일록이 검은 눈을 희번덕하게 뜨고는 참지 못하여 손을 치켜들었다. 나 또한 주눅 들지 않고 주홍색 눈으로 계속 노려보았다. 뺨 하나 후려치는 일로는 나를 굴종시키지 못하지. 아무리 착취해도 우리의 긍지는 구겨지지 않는다.

"그만해."

이록이 팔을 뻗어 일록의 손목을 움켜쥐었다. 이록은 나를 제어하는 존재이기도 했지만, 일록을 제어하는 존재이기도 했다. 이록이 다치면 콜로나에 남겨진 고대어를 완벽히 해독할 네오인은 이 행성에 더 이상 존재하지 않았으니, 이록의 안위를 보장하는 일은 매우 중요했다.

"닥쳐. 내 털끝도 건들지 마."

"나도 형이랑 털끝도 닿고 싶지 않아."

"그러면 놔."

"이미 놨어."

"자꾸 말대꾸하지 마!"

일록이 이를 바득바득 갈며 한 걸음 뒤로 물러났다. 메탈 백마가 그 곁에서 푸흐흥거리며 콧김을 뿜었다. 일록과 내 손을 감싼 글러브는 서로 다른 빛으로 빛났다.

내 것은 황동. 일록의 것은 은. 그가 완전한 두두족 신분을 하사받으면 찬란하고 배덕한 금빛으로 바뀔 것이다.

일록은 배신자에게 걸맞은 얼굴로 이록의 머리칼을 움켜잡았다. 꽉 쥔 손 사이로 매끈한 검은 선 몇 가닥들이 천연덕스럽게 빠져나갔다.

"봐. 우리들의 머리색은 똑같아. 고상한 척하고 있지만, 너도 결국 배신자가 될 운명이다. 우리에겐 두두족의 피가 흐르니까."

"난 형이랑 같지 않아."

"너라고 다를 것 같아?"

"달라."

"다르다고 강조하면 할수록 네 두려움만 드러날 뿐이야."

지켜보던 나는 동족을 괴롭히는 일록의 행패를 참지 못하여 손등을 내리쳤다. 따끔한 손맛에 일록이 아파하며 얼른 손을 거두었다. 붙잡혔던 이록의 머리카락이 겨우 자유를 찾아 하강했다.

우리를 바라보는 일록은 가는 눈으로 한껏 야비함을 표출했다. 자신의 옆통수를 손가락으로 톡톡 두드리더니 말을 껌처럼 질겅였다.

"같은 아버지에게서 태어난 우리는 이 안에 든 게 똑같다고. 바보 같은 동생과 미천한 주홍아."

"형은 왜 그렇게까지 아버지를 믿는 거야?"

"넌 아직도 나를 모르고, 아버지도 모르네."

"아버지는 신이 아니야!"

"신이 아니라서 따르는 거다."

"무슨 소리야?"

"말 그대로지. 신일 리가 없으니 미천한 족속들에게 자비 따위도 보이지 않을 거다."

한때는 동료였던 우리에게 일록은 조금도 주저 없이 모진 말을 했다. 미천이라. 과연 우리 세계에는 절대 뒤집히지 않는 계급이 존재하긴 했다.

고대 선조들은 멸망 전 자신들이 사라져도 인간이라는 계보가 이어지게끔 유전 씨앗을 남겨 놓았다. 배양기에 담긴 그 유전 씨앗은 소행성 충돌 후 선조들이 모두 죽은 뒤까지 보존되어 어느 날 발아했다. 처음에 우리는 미끄덩한 붕장어처럼 생긴 요상한 해양 생명체였다고 한다. 그러나 생식하고 번식하며 수를 늘려 감에 따라 진화했다. 마치 바닥에 떨어진 홀씨가 세월을 견뎌 민들레로 개화하듯 신인류 네오인은 탄생됐다.

네오인은 유전 형질에 따라 두 부류의 종으로 나뉘었다. 몸에서 까만색 털만 자라는 **두두족**과 다양한 색의 털이 자라는 **미미족**. 이것이 우리 세계의 계급이자 유전자에 각인된, 노력으로 바꾸지 못하는 차이였다. 어째서 서로 다른 유전 형질이 존재하는지는 알려지지 않았다.

미미족의 아름다운 체모는 랑데부의 빛과 찬란한 우정을 과시했다. 붉은 머리칼은 동백꽃을 연상시켰고 황금빛 머리칼은 모래사장과, 초록 머리칼은 풀과 어우러졌다. 오래전부터 미미족은 자연 속에 있기를 좋아하여 험난한 곳에서도 야외 활동을 즐겼다. 이에 따라 육체가 구인류와는 비교할 수 없을 정도로 강해졌다. 반면 두두족은 자연과 섞이지 못하는 검은 털을 부끄러워하여 자기들만의 공간을 만들어 살았다.

행성의 여름을 극복하지 못하고 대다수의 식용 가능 생물이 멸종한 탓에 식량은 늘 부족했다. 미미족은 야외에서 먹거리를 탐색했고, 두두족에게 나눠 줬다. 반면 두두족은 쾌적한 실내 환경을 조성해 공유했다.

삶의 차이는 여기서부터 시작됐다.

두두족은 실내에서 건축과 과학을 발전시켰고, 미미족은 실외에서 농경과 노동을 담당했다. 육체 활동을 도맡았던 미미족은 랑데부의 빛에 많이 노출됐고 땀을 잘 흘리는 체질로 바뀌었다. 대자연의 색을 이어받아 눈의 색도 머리칼처럼 다양해졌다. 반면 두두족은 한결같이 실내에서 생활했고, 땀을 잘 흘리지 않았다. 피부가 자연과 접촉하는 일이 적어 창백한 몸과 검은 머리를 일률적으로 유지했다.

반복되는 여름은 두두족과 미미족의 차이를 점차 심화시켰고, 기어코 두 종족을 갈라놓았다.

"더러운 미미족 놈들!"

"일록, 당신도 미미족 출신이거든요? 당신 어머니는 미미족이었어요."

"닥쳐. 적어도 내 아버지는 순수 두두족이고, 난 이제 은 글러브를 찼으니 절반은 두두족 계급이야. 너랑은 달라."

"이도 저도 아닌 은 글러브 끼고 자랑스러워하는 것 좀 봐. 엡베베. 안 부러워요."

"네가 입을 열 때마다 고약한 냄새가 나!"

땀을 잘 흘리게끔 진화한 미미족에게서는 체취가 풍겼다. 미미족의 겨드랑이와 목덜미, 팔 안쪽의 접히는 부분과 사타

구니에서는 시큼털털한 냄새가 났다. 열심히 일할수록 진해지는 냄새이니 체취란 우리에게 건강의 징표이자 값진 노동의 산물이었다. 우리를 증명하는 무형의 상징을 부끄러워할 이유가 없었다.

"하얀성으로 돌아갈 때 악취가 밸까 봐 무서울 지경이야."

"겁쟁이."

"내가 겁이 많은 게 아니라 너희가 그만큼 역겹다는 거야!"

반면 두두족은 코를 틀어막았고, 그때부터 역사는 완전히 갈라졌다. 두두족과 미미족의 교류는 빠르게 단절됐다. 두두족은 더 이상 발달한 과학 기술을 미미족에게 공유하지 않았다. 미미족의 생활 수준은 원시적인 움집과 두두족이 허가하는 도구만 사용하는 어정쩡한 형태에 머물렀다. 여름이 반복되며 독이 없는 식물들이 거의 남지 않아 식량도 자급하기 어려워졌다.

한편 두두족은 온갖 과학 기술로 여름을 막아 낼 제국을 건설했다. 광활한 육지 위에 돋아난 바늘 같은 까만 탑들. 그 탑들을 지나고 또 지나면, 사막 위의 **하얀성**이 나타난다. 냉방 기기가 대량 설치된 공간으로, 땀을 흘리지 않는 두두족의 낙원이었다.

그러니 두두족에게는 언제나 한기가 서려 있었다. 그들의 몸과 마음, 심장과 뇌, 모든 곳에 단호함이 넘쳤으니 영혼마저 서늘했다. 우리를 배신해 두두족의 끄나풀이 된 일록에게도 동족이었던 때의 열기는 다 사라지고 없었다.

"잠깐. 주홍, 너 다리에 튄 그 푸른 즙은……."

아차 싶었던 내가 서둘러 다리를 감추었지만 이미 늦었다.

"어둠꽃이 피었나 보지?"

일록의 입꼬리가 사선으로 치솟았다. 좋아하려야 좋아할 수 없는 미소였다.

"일억 번째 여름이 당도했구나?"

일록이 메탈 백마에 올라탔다. 주인에게 복종하도록 설계된 메탈 백마가 즉시 달릴 준비를 했다.

두두족에게 일억 번째 여름이 왔다는 사실을 알려선 안 됐다. 만약 그랬다가는, 예언에서 *낡은 한 종족은 반드시 멸망한다*고 했으므로 두두족은 그 종족이 미미족이 되게끔 갖은 수를 다 쓸 것이다.

"잠깐만요! 아직 말을 전하지 말아요!"

어떻게든 일록을 막기 위해 백마의 다리 하나를 붙잡았다. 다이아를 깎아 만든 차가운 눈에서 새빨간 조명이 새어 나왔다. 날카로운 금속 이빨로 금방이라도 내 팔을 물어 절단할 것만 같았다.

"주홍, 네 역할이 무엇인지 되새길 시간을 줘야겠어."

"그게 무슨……."

"넌 이록의 다리이자, 두두족에게 에너지를 공급하는 채집자야. 내가 뭘 하려는지 예상이 가지?"

교활히 접힌 일록의 눈빛이 메탈 백마를 닮은 빨간 멸시로 차올랐다. 그는 즉시 말의 고삐를 쥐었다. 불안한 예감은 언제나 뾰족해서, 아무리 모른 척 외면하려 해도 마음을 뚫고 나오고야 말았다.

　　"오늘은 지진이 좋겠어. 네가 사는 마을에."

2

인간은 노력을 통해 용기를 배운다. 소망을 이룰 수 있다면 힘들 걸 알면서도 피와 땀을 흘리며 온몸을 부딪는다. 고통을 감수한 채 앞으로 나아가는 힘. 나쁜 것들을 가슴으로 막아 내고, 용기에 등을 내어 주는 모든 움직임이 곧 노력이다. 그러니 노력하는 우리는 곧 용감한 우리다.

그러나 인간은 노력을 통해 다른 것도 배운다. 소망이 끝끝내 이뤄지지 않고 흘린 피와 땀이 수포로 돌아갈 때, 아무리 결심해도 바람이 실현되지 않을 때, 인간은 좌절한다.

"누나 괜찮아? 식은땀을 흘리고 있어."

"지진……."

"걱정하지 마. 마을에 백금 형도 있고 연두 누나도 있으니 괜찮을 거야."

고대 선조들은 원래 지구라는 초록 행성에서 살았다고 한다. 그러나 지구가 병들어 이곳으로 이주한 뒤, 어떻게든 살아남고자 발악을 했다지. 가장 중요한 것은 문명 유지에 필요한 에너지 생산이었다.

그들은 자연재해를 이용해 에너지를 수집했다. 휘몰아치는 태풍으로는 바람이 만드는 회전 에너지를, 쏟아지는 쓰나미로는 물이 만드는 위치 에너지를, 뜨겁게 폭발하는 화산으로는 열 에너지를. 그래서 선조들은 곳곳에 판을 심어 놨다. 지하에, 해저에, 광야에, 산 밑에.

전자 신호로 판을 조종하여 작은 움직임을 만들면, 그 움직임이 여러 매질에 전해지고 강도가 순차적으로 세져 재해가 됐다. 이렇게 자연재해를 만들면, 누군가는 재해 구역에서 에너지를 수집한 뒤 검은탑을 통해 송신했다. 이처럼 에너지를 만들기 위해 자연까지 희롱했던 선조들의 정수라 여겨지는 것이 바로 궁극의 원천이고 우리가 찾아야만 하는 것이었다. 두두족은 하얀성에서 생산한 식량을 나눠 주는 대가로 우리에게 궁극의 원천을 찾으라고 지시했다. 허나 궁극의 원천이 도저히 발견되지 않으니, 두두족은 계속해서 판을 움직여 자연재해로 에너지를 생산했다. 지하에서, 해저에서, 광야에서, 산 밑에서.

"지진으로 또 사람들이 죽으면 어떡해……."

"아무리 형이 나쁜 놈이라도 미미족 마을에 지진을 내리지는 않을 거야. 걱정 마. 항상 멀리 떨어진 곳에만 재해를 일으켰잖아."

"하지만 분명 마을에 지진을 일으킨다고……."

"허세일 거야."

이록이 입고 있던 티셔츠를 움켜잡아 내 이마까지 힘껏 당겨 식은땀을 닦아 주었다. 하지만 두려움은 땀에 녹아 있지 않았다. 피부 위를 끈적하게 흐르는 것을 다 닦아도, 마음에 흐르는 불안은 닦이지 않을 것이다.

"죽는 사람들이 또 잔뜩 생길 거야. 시체 밭이 될 거라고."

"진정해."

이록의 격려가 귀에 들어오지 않았다. 나는 온몸으로 현실을 감지했다. 우리에게는 특별한 능력이 있다. 미미족 중 극소수는 감각으로 재해를 알아챘다. 모르는 사람들은 죽었다 깨어나도 모를 것이다. 재해에도 신호가 있다는 사실을.

"누나, 숨 쉬는 거 잊으면 안 돼."

털끝이 곤두서는 감각은 토네이도, 모공이 열리는 찌릿함은 화산, 발바닥이 간질거리면 지진, 무릎이 주저앉는 묵직함은 쓰나미. 재해를 미리 감각하는 소수의 미미족은 두두족의 명령에 따라 자연재해 현장으로 가 특수 제작된 글러브로 재해 에너지를 모았으며 두두족은 우리에게 채집자라는 호칭을 선물했다.

어쩌면 노예의 다른 말이다.

능력이 없는 미미족 주민은 채집자의 감각 능력을 축복이라 말했고, 족장이었던 엄마는 저주라 말했다.

"숨 쉬는 거 잊으면 안 돼!"

미미족 채집자 중 대표가 되는 일. 그것은 두두족이 대대로 가장 용감한 미미족에게 하사했던 자리이자 낙인이었다. 족장을 필두로 하여 채집자들이 에너지를 바친 덕에 미미족은 두두족으로부터 식량을 얻었다. 질척하고 되직한 쌀을 받아 먹고 씹어 삼키며, 겨우 살아갔다.

결국 이 손에 끼워진 글러브는 목숨을 바쳐 모두의 삶을 이어 간다는 증표였다.

"대답 좀 해 봐!"

나의 부모는 축복과 저주의 운명을 벗어나지 못하고 지진 에너지를 채집하다 암석에 깔려 죽었다. 그 후로 두두족은 판을 움직일 때 지진만큼은 내리지 않았는데 갑자기 일록이 지진을 예고한 것이다. 무려 미미족의 마을에!

과거를 향한 생각이 집착으로 변해 갈 때쯤, 경쾌한 마찰음이 울려 퍼졌다. 이록이 내 뺨을 후려친 탓이었다. 정신이 번쩍 들었다.

"갑자기 왜 때려!"

"정신이 좀 들어?"

"정신은 항상 있어!"

"눈만 떴다고 정신을 차리는 게 아니야."

극도의 긴장으로 가빠졌던 호흡이 원래의 리듬을 되찾았

다. 이록은 내 안정을 확인하고서야 긴장을 풀었다. 현재 내가 있는 곳은 여전히 평화로운 버드나무 아래의 들판이었다.

발바닥이 가려웠다. 보이지 않는 벌레 같은 것이 발바닥 안을 기어가는 감각. 통증이 되기 직전까지 괴롭혔다가 다시 사그라드는 성가신 이물감. 틀림없는 지진의 느낌이었다. 저 멀리 우리가 자리를 비운 마을에 기어코 지진이 시작되려는 것이었다. 일록 그 개자식이 기어코!

가슴을 붙잡고 컥컥거리며 헛기침했다. 이록은 바지 주머니에서 재빨리 작은 물병을 꺼냈다. 내 입에 갖다 대니 턱을 타고 아까운 물이 흘렀다.

"연두 누나랑 백금 형도 감지했을 거야. 걱정 마."

"마을 사람들이 다치지 않게 조치를 취해야만 해."

"그럼 빨리 연락을 해 놓자."

글러브의 통신 기능을 이용해 동일한 색의 글러브를 낀 미미족 채집자들에게 음성 메시지를 보냈다.

―지금 느껴지지? 곧 마을에 지진이 일어날 거야. 일록 그 자식이 경고했거든. 얼른 사람들을 대피시켜.

발바닥이 너무 간지러웠다. 미칠 듯이 가려워 이록을 밀치고 뭐에 씐 사람처럼 벅벅 긁었다. 이 감각을 느끼지 않으면 지진이 달아날까. 그러나 지진은 여름과 같았다. 모른 체한다고 사라지지 않았다.

참지 못하고 벌떡 일어나 감각이 이끄는 대로 걸었다. 꼭 실로 조종당하는 꼭두각시가 된 기분이었다. 마을까지는 너무나 멀었다. 당장 복귀가 가능한 거리가 아니었다.

"정신 차리라니까! 한번 시작된 이상 우리가 할 수 있는 일은 없어."

"지진이 나면 엄마랑 아빠처럼……."

어깨를 붙잡고 말리려는 이록의 손을 뿌리쳤다. 다리에 통증을 느낀 이록은 금세 주저앉았지만, 그럼에도 손을 뻗어 내발목을 붙잡았다.

"일단은 여기에 있는 게 안전해."

"그럼 아무도 죽지 않을 거라고 말해 봐."

"그건……."

"아무도 죽지 않을 거라고 말해 보란 말이야!"

아주 멀리서부터 매캐한 흙바람이 불어왔다. 땅과 땅이 부딪히며 좌우로 대지가 흔들렸다. 일록은 온데간데없이 사라진 지 오래였다. 이미 하얀성으로 대피했을 테지. 엿 같은 자식.

기어코 글러브의 손등에 붉은 신호가 입력됐다. 지진을 채집하라는 명령이었다.

이제 여기서부터는 노력의 영역이 아니다. 모든 것은 운의 영역에 놓인다.

오늘 누군가의 마음에 상처를 준 사람, 오늘 누군가의 목숨을 구한 사람, 모두 가차 없이 공평해진다. 어제까지 매일 기도했어도 죽을 수 있다. 어제까지 백 번의 착한 일을 했어도 죽을 수 있다. 무시무시한 자연이 눈과 귀를 막고 인간을 바라본다. 위산이 역류할 때까지 구토하며 빌어도 봐주지 않는다. 찢기는 음성으로 목숨을 구걸해도 들어주지 않는다. 맹수에게 인사를 건네는 일처럼 무의미하다. 자연에는 악의가 없다. 그래서 선의도 없다. 그들은 사람을 살리거나 죽이기 위해 몸을 흔드는 게 아니다. 그저 흔들리니 흔들 뿐이다. 이 행위가 심판이 아니라는 것은 오히려 비극이다. 죄가 없다는 호소도 통하질 않으니까.

땅이 계속 흔들렸다. 척박한 대지에 균열이 새겨지고, 나무가 쓰러졌다. 돌이 갈라졌고, 물은 출렁였다. 확률이 존재하지 않는 무작위의 운. 자연이 나의 동료들을 눈치채지 않길 빌고 또 비는 수밖에 없는 시간.

그러니 우리는 재해에서 살아남기 위해 노력하면 노력할수록 두려움을 배운다. 생존이라는 건 이토록 기나긴 치욕이니, 노력하는 우리는 결국 나약한 우리다.

천지가 개벽하는 소음이 사방에서 진동했다. 이록과 나는 네발짐승처럼 몸을 숙였다. 두 손바닥을 펼쳐 땅을 짚고선 이곳에서나마 에너지를 채집했다.

"강도가 너무 세!"

먼 진앙지에서부터 전달되는 땅의 흔들림이 손바닥을 통해 글러브에 축적됐다. 지진파에서 방출되는 거대한 에너지가 담기는 중이었다. 지금 마을은 얼마나 위험할까. 그곳에 있을 연두와 백금이 부디 다치지 않길 바랐다.

자꾸만 엄마와 아빠가 돌에 깔려 죽던 모습이 떠올랐다. 눈을 질끈 감아도 칠 년 전으로 되돌아가는 생각을 멈추지 못했다.

"엄마, 오늘은 지진이래요!"

내가 열 살이었던 해, 예비 채집자로서 글러브를 부여받은 지 얼마 되지 않은 날이었다. 엄마의 글러브가 고장 난 탓에 엄마는 채집 명령이 떠도 보지 못했다. 지진을 감각했을 텐데 그날따라 나가지 않고 있는 것이 의아해 나는 내 몫의 글러브에 뜬 지진 정보를 전달했다. 도움이 되고 싶었던 탓이었다.

엄마는 강인해서 재앙을 다 이기고 돌아오는 어른이었다. 나는 그런 어른을 한 치의 의심 없이 믿었다. 채집을 저주라고 생각했던 엄마는, 그 저주를 제 손에 쥐여 주는 나를 향해 어쩔 수 없다는 듯이 힘겹게 미소 지었다.

명령을 보지 못해 채집하지 않는 것은 무죄였지만, 명령을 전달받고도 채집하지 않는 것은 반역죄라는 걸 그때의 나는 몰랐다.

만약 그날 내가 영민하게 엄마의 마음을 알아차리고 두두족의 명령을 전달하지 않았다면 달랐을까? 글러브 사용에 미숙해 아무런 지시도 못 봤노라 거짓말을 했다면 달랐을까?

달랐을 거다. 엄마는 지진 에너지를 채집하러 떠나지 않아도 됐을 거고, 불운하게 죽지도 않았을 거다. 엄마를 살리기 위해 뒤늦게 아빠가 지진 현장으로 갈 일도 없었을 테지. 어리석은 진실을 전달하여 부모를 죽음의 터로 몰아넣은 건 바로 나였다.

"땅의 움직임이 멎어 들었어. 주홍 누나, 괜찮아?"

진실은 희망을 포함하지 않는다. 진실은 순진한 얼굴을 한 죄악과 다름이 없다. 우리는 더 자주 도망치며 살 필요가 있다. 아니다, 우리는 더 많은 거짓말을 하며 살 필요가 있다.

"괜찮아."

*

마을로 돌아가는 내내 땀이 비처럼 쏟아졌다. 나의 등과 이록의 배는 폭우라도 맞은 듯이 흥건히 젖었으며 짭쪼름해진 피부는 서로 닿을 때마다 예민해졌다. 이록은 조금이라도 닿지 않으려 업힌 와중에도 허리를 무당벌레처럼 둥글게 말았다.

나는 이록이 내게서 등을 뗄 때마다 자세가 불편하여 영 좋지 못했다.

"더워서 딱 붙기 싫은 건 알겠는데, 업힌 사람이 매번 몸을 말면 내가 불편해."

"그래도 이렇게 안 하면…….""

"붙어 있으라고."

"혹시 화났어?"

"관두자."

당장 일록에게 화를 내지 못하니 등에 업힌 이록에게 가시 돋친 침묵으로 화풀이를 했다. 비록 이록은 미미족을 배신하지 않았고 나의 하나뿐인 파트너였지만 지금은 누구라도 원망해야만 성미가 풀릴 것 같아 입술을 깨물었다.

분노는 불꽃 같아 내보내질 않으면 내 안의 것을 다 태워 버린다. 나는 까만 재를 떠안고 싶지 않았다. 내가 거짓을 허물고 솔직해지는 건 이딴 순간뿐이었다. 타인에게 상처 주고 미움을 줄줄 토악질해 대는 나쁜 순간.

내 몫의 진실은 늘 초라하기만 했다.

"형의 행동을 대신 사과할게."

"아무리 하얀성으로 갔다고 해도 그렇지, 한때는 미미족 마을에서 살았는데."

"고작 한때라는 게 문제지……."

이록은 내 말에 성실히 대꾸하면서도, 자신이 없어 말끝을 흐렸다.

알고는 있다. 이록에게 잘못이 없다는 것을. 일록과 이록은 분명 형제였으나 어머니가 달랐다.

랑데부의 축복은 자연에 총천연색을 더했지만 네오인에게는 혹독했다. 일록의 어머니는 칠 년 전 새여름에 열사병으로 죽었다. 미미족은 너무 자주 죽었다. 한 달에 열댓 번은 여기저기서 울음소리가 들렸으며 남은 인구는 고작 백 명 남짓이었다. 우리에게 이 행성은 천국보다는 지옥에 더 가까웠다. 어머니가 죽은 후부터 일록은 우릴 배신할 계획을 세웠던 걸까.

한편 이록의 어머니 또한 미미족 출신인데, 그녀는 현재까지도 무사히 생존했다.

"이건 다 너희 아빠 때문이야."

"인정해."

"난 두두족 놈들을 증오해. 너희 아빠라고 곱게 말해 줄 수 없어."

"내가 대신 미안해. 그렇지만……."

"그렇지만 뭐."

"아빠가 없었으면 나도 태어나지 못했는걸."

형제의 아버지는 두두족 족장이었다. 두 형제에게는 두두족 아버지와 미미족 어머니의 피가 함께 흘렀다.

두두족 족장이 굳이 혼혈의 자식을 낳은 이유는 간단했다. 해독가를 탄생시키기 위함이었다. 아주 오래전부터, 신인류의 피가 '고르게' 흐르는 네오인만이 구인류가 남긴 지혜를 알아볼 수 있다는 전설이 존재했다. 두두족과 미미족의 피를 한데 섞는 것이 어떠한 원리로 구인류의 지혜와 연결된다는 건지는 수수께끼였다. 유전공학을 다루는 미지의 이론보다는 차라리 신화에 더 가까운 이야기랄까.

두두족 족장은 일록의 어머니를 선택해 첫째 아들을 낳았고, 그 아이는 실패작이 됐다. 일록의 해독 능력은 제한적이었다. 생명을 다한 언어에 이해라는 불씨를 붙이는 건 운명이 점지어 준 자만 하사받은 능력이었다. 두두족 족장은 미미족 출신의 다른 여자를 물색했고, 한때 해독가로 잠시나마 활동했던 사람이 있었다. 그렇게 태어난 둘째 아들 이록은 완벽했다. 두두족 족장은 이록이 바로 연결의 아이라며, 이록의 어머니에게 갖가지 식량을 주었다.

감사나 사랑, 헌신이 아닌 식량을.

육체와 지혜 두 가지 특성은 마치 한 병의 물을 두 병에 나눠 담는 일처럼 하나를 다 채우면 나머지 하나는 포기해야만 했다. 반면 하나를 어정쩡하게 채우면 다른 하나도 어정쩡하게나마 채우는 일이 가능했다.

일록은 아마도 자신의 어정쩡한 상황을 부정하겠지. 순혈 미미족보다 단단하지 못한 몸. 그렇다고 이록보다 뛰어나지도 못한 해독력. 일록은 제 아버지에게 외면당했고, 어머니도 열사병으로 잃었다. 한편 이록은 일록의 건강한 몸을 동경했다. 아마도 형제는 자신이 갖지 못한 것을 소유한 서로를 탐탁지 않게 여기고 있으리라.

"미안. 내가 말실수했어."

괜히 아버지 이야기를 꺼내 이록을 심란하게 만든 걸 후회했다. 그의 아버지와 일록 때문에 이록까지 원망하는 미미족은 이미 많았으니, 이록에게 두 사람에 대한 이야기는 언제나 상처밖에 되지 않았다. 적어도 나만은 이록의 상처를 후벼 파기보다는 모르는 체할 필요가 있었다. 일록과 그의 아버지에게는 사과하지 않아도 이록에게는 사과할 수 있는 이유 또한 그 때문이었다.

끝없는 해안가를 따라 걸어온 길을 되돌아갔다. 반복되는 바다, 반복되는 황야, 반복되는 숲이 세상을 세 개의 면으로 분할했다. 머리 위로 구름만 한 날개를 가진 새들이 곡예하듯 활주했다. 육지 위로는 팔뚝만 한 다리를 가진 바닷게가 기어가기도 했다.

허벅지까지 차오르는 아지랑이는 공기가 만든 물결이었다. 넘실거리며 살갗을 익히고, 정강이를 간질거렸다. 열기 속에서 살아남은 짐승들은 모두 다리가 길었다. 짧은 털과 긴 몸통, 얇은 하체, 땀을 흘리지 않는 대신에 비쭉 내밀어 헉헉거리기 좋은 긴 혀를 갖게끔 진화했다. 신이 있다면, 그도 혀를 내미는 팔척장신일 거다.

허나 네오인만큼은 이 자연에 녹아드는 진화를 하지 못했다. 우리는 여전히 짐승보다 다리가 짧았고, 불필요한 체모를 가졌으며, 땀도 많이 흘렸다. 몸에서는 냄새가 났고, 가끔은 열기를 이기지 못해 정신을 잃거나 죽기도 했다.

"이록아, 나는 억울해. 우리는 아무 잘못도 하지 않았어."

"맞아, 우리는 죄가 없는데!"

"우리를 이 땅에 태어나게 한 고대 선조들을 증오해."

어째서 선조들은 우리를 이렇게나 힘들게 창조한 것일까. 왜 우리는 우리가 선택하지 않은 것들로 인해서 고통받아야 하는 걸까. 삶이라는 게, 가끔은 내 것이 아닌 남의 불행까지 억지로 나눠 받는 일처럼 버거웠다.

덥다. 너무 더웠다. 팔다리 위로 소금기를 머금은 물이 줄줄 흘렀다. 온몸으로 울어 버려도, 새여름은 웃음을 그치지 않았다.

3

마을에 도착하자마자 움집들이 멀쩡한지부터 점검했다.
지진에 잘 견디게끔 탄성이 좋은 목재로 만들어 놓은 터라 크
게 무너진 곳은 없었다. 약간의 보수 공사만 하면 괜찮을 정도
였다.

"주홍!"

백금과 연두가 우리를 발견하고는 몹시 안도했다. 둘은 나
와 동갑내기로, 현재 생존한 채집자는 우리 셋뿐이었다. 두 사
람의 이름 또한 머리와 눈동자의 색깔로 붙여졌다.

"무사히 돌아왔구나."

연두가 두 팔을 뻗어 나를 감쌌다. 어김없이 연둣빛 단발머
리가 살랑거렸다. 그 움직임이 하루 내내 허리를 뻗은 풀꽃이
고개를 숙이는 모습 같았다. 마을 입구에 세워진 오동나무의
두꺼운 팔다리 위에서 엉덩이가 동그랗지 못한 다람쥐들이

도토리를 까먹는 시각. 곧 하루가 끝날 시간이었다.

"에너지는 전송했어?"

백금이 글러브를 두드리며 물었다. 백발에 황금색 눈을 가진 백금은 돌아와서 다행이라는 말 대신에 무뚝뚝한 인사로 나를 맞이했다.

축적하여 전기 형태로 변환한 에너지는 행성 곳곳에 설치된 검은탑에 태킹하여 전송해야만 했다. 두두족은 그 탑으로부터 에너지를 송신받아 하얀성을 유지했다. 송신하지 않으면 글러브가 은닉 혐의로 판단하여 자동 폭발을 하게끔 설계되어 있으니 채집 후 송신은 필수였다. 백금과 연두도 지진이 끝나자마자 마을과 가장 가까운 탑에다 에너지를 제출했을 것이다.

"이록이랑 마을로 돌아오는 길에 전부 송신했어."

"다행이네."

안도를 말하는 백금의 얼굴이 그 말과 어울리지 않았다. 수상한 낌새를 느끼고 나는 안겨 있던 연두의 품에서 벗어났다.

"사람들을 대피시키는 일에 실패한 거야?"

"실패하지 않았어."

백금은 불필요한 말을 극도로 꺼려 하기에 말 한마디가 절대 열 글자를 넘지 않았다. 짧은 말에다 전해야 할 정보만 압축해서 표현하는 채집자였으므로 늘 백금의 말에는 가장 전하고 싶어 하는 정보만 담겼다.

"근데 표정이 왜 그래?"

"한 명은 대피하지 못했어."

"누군데?"

"그게……."

둘은 나의 시선을 회피했다. 그 얼굴들을 번갈아 살폈으나 누구도 눈을 맞추지 않았다.

아니다. 이건 나의 시선을 회피하는 게 아니었다. 둘은 내게 업혀 있는 이록의 시선을 외면하고 있었다.

"당장 집으로 가 줘."

불길함을 느낀 이록이 겁을 집어삼킨 목소리로 호소했다. 나쁜 징조가 우리의 발뒤꿈치를 두드리며 서둘러 집으로 향하게 만들었다. 자초지종을 설명하기를 거부한 백금과 차마 말을 더 잇지 못하는 연두가 뒤에 바짝 붙어 따라오니, 모두가 함께 있는데도 불구하고 마음은 더욱 불안해졌다. 이 땅에서 침묵은 비극을 설명하는 가장 게으른 언어였으니.

집에 도착하자마자 이록은 아주머니를 찾았다. 내게 건강히 다녀오라며 배웅해 주던 어른이 보이지 않았다. 이록이 문을 열고 아무리 부르짖어도 그녀는 무대에서 영영 떠나 버린 배우처럼 나타나지 않았다.

백금이 비통한 표정으로 고개를 숙였다. 연두는 어쩔 줄 몰라 하며, 죄스러운 목소리로 입을 열었다.

"땅속에 매몰되신 것 같아. 행방불명되셨어……."

자연은 이처럼 또 한 존재를 데려가는 일에 스스럼이 없었다.

*

마을을 샅샅이 뒤졌으나 이록의 어머니는 끝내 발견되지
않았다.

발견되지 않는 죽음은 그 자체로 거대한 의문이 되곤 했다.
발견하기 전까지 살아 있다고 믿으면 혹시나 살아 있을지도
모른다는 희망도 함께 살아남았으니. 그러나 반대로, 역시나
죽었을 것이라는 불안 또한 공존했다. 어느 순간부터 미미족
은 실종을 죽음으로 확신했다.

갈수록 재앙의 위력이 커지고 있기 때문이었다. 실종된 사
람이 발견되더라도 산 사람으로 발견되는 경우는 없었다. 생
존율은 0퍼센트. 0퍼센트에 가깝다가 아니라 0퍼센트. 그러니
우리는 이록의 어머니가 땅에 매몰되어 죽었다고 결론 내릴
수밖에 없었다.

연두가 엎드려 흐느끼는 이록을 보며 괴롭게 손톱을 물어
뜯었다.

"정말로 미안……."

이록은 거칠게 숨을 몰아쉬되 통곡만큼은 참아 냈다. 저 아
이는 지금 누구를 원망해야 할지 판단하기 어려울 것이다.

"마지막으로 엄마를 본 곳이 어디였어요?"

"분명 집에 계셨어……."

"그때는 멀쩡하셨죠?"

"응……."

최선을 다해 답변하는 연두는 무고했다. 연두뿐만이 아니었다. 지금 이록의 분노에 책임을 질 사람은 여기에 한 명도 없었다. 설령 우리가 가끔 마을을 멋대로 헤집고 다니고, 시끄럽게 노래를 부르고, 어른들의 주먹밥을 몰래 훔쳐 먹긴 해도 재앙 앞에선 죄인이 아니었다.

오직 빌어먹을 두두족만이 죄인일 뿐.

"수상한 점은 있었어."

입을 연 백금이 이록에게 사죄하려 허리를 굽히는 연두를 억지로 일으켜 세웠다.

"네 형이 왔어."

"일록 형이요?"

"여분의 식량을 주더군."

"아버지가 주시는 식량들을 주러 올 때가 있거든요. 그걸 위해서 들렀나 봐요. 그 후에 나와 주홍 누나 앞에 나타나 지진을 일으킨 거예요."

"내 말의 의미를 몰라?"

풍채가 큰 백금이 주저앉은 이록을 내려다보았다. 연두가 백금의 옆구리 옷감을 쥐어 당기며 방금 가족을 잃은 아이에게 무섭게 굴지 말라 부탁했다. 하지만 백금은, 연두가 당긴다고 당겨지는 존재가 아니었다.

백금은 분명 좋은 사람이자, 재앙 앞에서 무력한 어른들을 대신해 많은 사람을 지키는 든든한 동료였다. 미미족의 특성인 건강한 육체, 그중에서도 가장 큰 축복을 받아 온몸이 단단한 백금은 동족을 사랑했고, 미미족을 늘 가엾게 여겼다.

백금은 지키는 일에 능했다. 그러므로 두두족을 증오했다.

"너희 형제는 울 자격 없어."

연두가 더 이상 무고한 이록에게 심한 말은 삼가라며 백금을 아예 뒤로 밀쳐 냈다. 백금은 일록의 죄를 이록에게 덧씌우려는 듯 매섭게 노려봤다.

두두족이 에너지를 얻기 위해 일으킨 재해로 사망한 사람은 한둘이 아니었다. 많다는 표현으로는 부족했다. '수두룩'했다. 그래서 우리는 서로를 위로하지 못했다. 누가 위로하고 누가 위로받아야 하는 입장인지 구분하기가 어려웠기에. 차라리 원망할 상대가 더 필요했다.

"너도 이제 여기서 꺼져."

"백금, 그만해. 족장으로서 명령이야."

"감싸지 마."

"이록을 감싸는 게 아니고 너한테 명령하는 거야."

"당장 꺼지라고나 해!"

분위기가 험악해졌다. 나는 아랫입술을 조금 깨물고 백금의 뺨을 후려갈겼다. 족장으로 사는 건 하고 싶지 않은 일을 해야만 하는 것이지. 동료에게 모질게 굴고 싶지는 않았지만 이러지 않으면 백금은 두두족의 피를 이어받은 이록이 증오스러워 참지 못할 것이다. 차라리 나를 미워하도록 손을 쓰는 게 나았다.

"왜 넌 나한테……."

"명령이라고 했어. 그만 나가."

나는 이록이 평정을 되찾게끔 서둘러 백금과 연두를 집 밖으로 내보냈다. 이록은 굴을 잃은 쥐처럼 공허히 벽만 바라보았다. 빛이 들어오는 문과 등을 지고 서니 그 아이의 얼굴에는 어둠뿐이었다.

"형은 여기에 엄마가 있는 걸 뻔히 알면서도 지진을……."

너에게 이 죽음은 어떤 감정과 손을 잡고 있을까. 억울함일까, 서러움일까, 혹은 허망함일까. 숱한 죽음을 목격했음에도 내성이 생기지 않는 우리가 원망스러웠다.

"울고 싶으면 울어."

"눈물이 안 나와. 막 몸이 떨리는데 눈물은 안 나. 답답해……."

팔뚝을 부여잡고 불안해하는 이록은, 오랜만에 그 나이에 맞는 어린 동족으로 보였다. 가족의 죽음 앞에 철들지 못한다는 점에서 가여운 동질감을 느꼈다.

"그럼 꽃불을 피울 때 울자."

나뭇가지와 꽃항아리를 챙겨 집을 나섰다. 멀지 않은 곳에 해안가가 있다. 이록 어머니의 사체가 발견되지 않았다는 소식을 들은 몇몇 마을 사람들이 뒤를 따라왔다.

지금부터 우리는 가족을 상실한 아이를 울려 줄 것이다.

*

삶은 감자를 쥐어짜면 으깨지듯이, 비상하는 새의 발을 낚아채면 추락하듯이, 미미족은 당연하게 죽어 갔다. 우리가 떠나보낸 이들은 가장 찬란하고 아름다운 시절에 우리를 떠났다. 혹은 찬란하지도 아름답지도 않은 시절에 바다와 평행한 혼이 되어 떠나갔다. 좋은 순간. 싫은 순간. 언제든 미미족은 죽었다.

두두족은 무덤 만드는 일을 금지했다. 사체는 즉시 지정된 거대 파리지옥 안에 넣어 융해시킨 다음 흔적까지 말소시켰다. 만약 시체를 숨기거나, 땅에 묻거나, 혹은 뼛가루를 어딘가에 뿌렸다는 사실이 발각되면 일가를 멸족했다.

"꽃불을 피울 때 원 없이 울어도 좋단다."

"너희 어머니는 네 아버지와 달리 무척 좋은 분이셨어. 나는 지금도 눈물이 나…….”

"우리가 또 한 명의 벗을 잃었구나."

마을 사람들이 내게 업힌 이록을 향해 슬픔을 표현했다. 무덤이 금지된 우리는 이렇게라도 죽은 이의 가족이 겪는 슬픔을 나누고자 노력했다.

"신이 존재하길 빌고 또 빌자. 징벌도 존재하게끔."

이록은 마을 사람들의 위로에, 꾹 눌러 뒀던 서글픔이 솟구치는지 두 팔로 나의 목을 감쌌다. 업혀 있는 아이가 조금 더 무겁게 느껴졌다.

작별하는 자를 땅에 묻고, 안식을 기리는 일. 좋은 곳으로 가 천수를 누리라고 빌어 주는 일. 그 모든 추모는 결국 살아 있는 사람을 위한 일이었다. 살아남은 우리가 당신을 잊지 않고 내일도 버티겠다는 서글픈 언약이니까. 두두족은 미미족이 슬픔을 이겨 내며 결집하고, 손을 맞잡는 일을 싫어했다. 만약 그랬다가는 개미 떼가 뭉쳐 끝내 들짐승의 발을 조각내듯 미미족이 언젠가 두두족을 전복할지도 몰랐다. 그 뭉침의 힘을 두려워하는 그들을 위해 우리는 우리만의 추모를 행해 왔다.

주민들이 해안가에 나무 장작을 얼기설기 쌓았다. 나는 이록을 평평한 돌 위에 앉힌 다음 나뭇잎 몇 장을 건넸다. 눈물이 나면 닦을 수 있을 것이다.

"꽃불을 피울게. 울고 싶은 사람은 소리 내서 울어도 돼."

가장 나이가 많은 노인이 부싯돌로 불을 피워 나무 위에 던졌다. 어른들은 좌우에서 사람만 한 오동나무 잎으로 부채질을 했다. 꿀떡꿀떡 바람을 받아먹은 불은 장성한 빨간 거인이 됐다.

챙겨 온 꽃항아리를 열었다. 검은 폭포 인근에서 발견할 때마다 철꽃들을 모아 놨다. 철꽃은 보통의 식물과 달리 유전적으로 기형이라 금속 성질을 띠었다. 잔뜩 쥐어 불에 던지니 꽃잎의 황산구리 성분이 불과 반응하여 불꽃이 청록색으로 변했다. 도깨비들이 사랑하는 푸른 불이 장작 위로 날갯짓했다.

사람들이 그 불을 보고 두 팔을 벌려 환호하더니, 누군가는 울고 다른 누군가는 절규했다. 땅을 내려치고, 주먹으로 가슴을 퍽퍽 치고, 참느라 애먹은 비밀을 설토하듯 대차게 비명을 질렀다. 이곳은 곡소리로 하나가 되는 축제의 장이었다.

"어머니의 영혼이 꽃불을 보고 하늘로 잘 떠나실 거야."

"나도 펑펑 울고 싶어."

"눈물 나게 해 줄까?"

"부탁할게."

"많이 아플 거야."

오래전 장난을 치다가 이록을 울린 적이 있었다. 가위바위보를 해서 진 사람이 등을 맞는 내기였는데, 너무 세게 때린 탓이었다. 이록은 그때처럼 암석 위에 엎드려 등을 맞을 준비를 했다. 지금 나는 때려서라도 너를 울리고 싶다.

나는 미미족의 족장이자 채집자. 이록은 해독가. 누구도 이 마을에선 어린아이가 아니었다. 그래서 우리는 울고 싶을 때조차 쉽게 울 수 없었다. 어머니가 죽어도, 아버지가 죽어도, 소중한 사람과의 작별을 견뎌 내야만 했다. 가끔 하늘을 올려다보며 물었다. 우리는 극복하기 위해 태어난 사람들인가요?

어떤 것들은 절대 극복하고 싶지 않았다. 무력하게 패배하고, 쓰러져 울어 버리고만 싶었다. 결과를 책임지지도, 실수를 바로잡지도 않고, 바보처럼 엉엉 울고만.

이록의 등을 세차게 내리쳤다. 이록이 아프다며 소리를 바락바락 질렀다. 그럼에도 자세를 고쳐 잡지 않고 그대로 누워 있었다. 더 때려 달라는 신호였다. 청록색 불이 화륵화륵 타오르고, 사람들은 저마다 울고 소리를 지르며 여태껏 죽은 자들을 회상했다. 우리에게 추모는 거짓된 축제로 위장된 슬픔이니, 이록도 끝내 꺼이꺼이 울었다.

오직 죽음만이 우리가 어린아이로 사는 것을 허락했다.

말간 너의 등에 새빨간 손자국이 남도록, 내 손바닥에도 피가 팽팽 돌게끔 때렸다. 계속 때렸다. 찢어질 듯 아프게 우는 이록의 곡조가 청색 불꽃의 갈래를 따라 난잡하게 퍼졌다. 나는 서글퍼지고 싶지 않아 입술을 세게 깨물었다.

"더 울어야 돼!"

바다를 질투하는 청록색 불꽃이 여름의 열기를 헤집고, 하늘을 흠모하는 재가 쉬지 않고 타올랐다. 불꽃이 모든 것을 상승시키는데 단 하나, 사람의 몸에서 나오는 것만 아래로 추락했다.

땀은 비처럼 쏟아졌다. 눈물 흘리는 자들은 추락하는 것들을 멈추질 못했다. 마음에도 냄새가 있어 여기저기서 짠 내가 났다. 불꽃이 뜨거운 온도로 사람들의 슬픔을 자꾸만 없애고,

지우고, 감췄다. 그래서 우리는 더 큰 목소리를 냈다.

"울어! 더 울어! 구역질할 때까지 울어!"

주룩주룩 흘리며 너도나도 토악질했다. 보고 싶어 울고. 서러워 울고. 괴로워 울고. 우는 것밖에 할 수 없는 머저리들처럼.

"엄마……."

하염없이 아파했다.

보석처럼 빛나던 꽃불도 영원하지는 못했다. 꽃과 장작이 모두 타 버려 불이 꺼진 후 마을 사람들은 작은 병에다 재를 담았다. 이록은 그 병의 마개를 닫아 바다를 향해 던졌다. 슬픔이 부표가 되어 이 행성을 표류할 것이다. 그러니 우리는 어디에 가도, 청색의 바다가 있는 한 죽은 자의 영혼을 기억할 수 있다.

4

 며칠이 흘렀다. 내게는 족장으로서 도전해 볼 법한 일이 있
었다. 나름의 계획을 세운 뒤 연두와 함께 일록을 만나 보기로
했다.

 일억 번째 여름이 시작됐다는 소식을 일록이 두두족에게 알
렸을 테니, 미미족의 멸망은 예정된 시나리오나 다름없었다.
하루라도 더 늦추고, 살 방법을 강구할 필요가 있었다. 일단은
정공법. 두두족 족장은 우리가 부른다고 오는 사람이 아니므
로 그나마 만남이 가능한 일록과 담판을 지어야 했다.

 연두를 동행시킨 이유였다.

 "주홍아, 이록은 좀 어때?"

 "아마 내가 돌아가기 전까지는 하릴없이 누워 있을 거야."

 "그렇구나……."

 "너도 알겠지만 견뎌야만 하는 일이야."

"밥이라도 잘 챙겨 줘."

연두는 꽃불 의식에 참가하지 못했음을 미안하게 여겼다. 화가 난 백금을 타이르는 일에 여념이 없었다고 했다. 혹시라도 백금이 꽃불 의식을 방해하면 이록에게 씻을 수 없는 상처가 될 테니, 연두의 선택은 합당했다.

녹색의 눈동자에 천진함이 서려 있는 연두는 누구에게나 상냥한 사람이었다. 불길한 징표라며 천대받는 어둠꽃도 불쌍히 여겨 몰래 모을 정도였다. 그래서 연두는 지금 이 순간까지도 일록을 증오하지 않는 유일한 미미족이었다.

"연두야, 내가 왜 널 데리고 가는지 알지?"

"알기는 하지만……."

"잘해야 돼."

"기대에 부응하지 못하면?"

"실망할 거야."

"친구 치고는 야속한 답이야."

"친구이기 전에 족장이니까."

미미족을 배신하기 전, 일록은 자존심이 강해서 타인과 쉽게 어울리지 않았고 잘못을 저질러도 절대 고개 숙이지 않았다. 연두는 그런 일록도 웃게 만든 최초이자 최후의 인간일 것이다. 이유는 간단했다. 연두는, 정말로 모두에게 상냥했으니까.

"어떻게든 네가 일록을 설득해야 돼."

"우리를 떠난 일록 오빠가 내 말을 들을까?"

"들을지 아닐지 묻는 게 아니야. 듣게 해야만 해."

"노력은 해 볼게……."

명랑한 얼굴이 누구보다 잘 어울리는 연두는 일록이 떠난 이후로 통 웃질 못했다. 나는 소중한 친구가 다시 미소 짓길 바랐음에도 자꾸만 다그쳤다.

"미안해. 어쩔 수가 없어."

연두는 내 불안함까지도 다 이해한다는 듯이 고개를 끄덕이곤 손을 잡아 주었다. 불합리한 일을 당해도 웃어 주는 이 아이를 미워하는 존재는 이 세상에 단 한 명도 없을 것이다.

그래서 연두를 이용하려는 내가 참 싫었다.

글러브를 끼지 않은 손으로 서로의 손을 잡았다. 손바닥 촉감에 의지하며 한 걸음씩 하얀성을 향해 나아갔다. 성은 마을과 아주 먼 사막 지대에 있는데 랑데부의 열기를 정통으로 받는 가장 더운 구역이었다. 다가갈수록 성에서 뿜어져 나오는 냉기로 인해 열기와 한기가 공생하는 모순적인 지대이기도 했다.

"주홍아, 난 하얀성 근처에는 가 본 적이 없어."

"난 아주 오래전에 한 번 있어."

"언제?"

"부모님이 돌아가셨던 날. 다 때려 부수러 갔지."

"배짱 하나는 끝내줘."

"지금은 괜히 갔다고 생각해."

가족을 지진으로 잃고, 시체라도 돌려 달라고 다짜고짜 하얀성에 찾아갔던 날. 두두족 족장은 건강한 패기가 마음에 든다며 나를 차기 미미족 족장으로 정했다. 참 웃기지. 따지러 갔더니 자리만 받아 온 게.

"너처럼 용감한 채집자가 족장이 되어서 다행이라고 생각해."

"아직 제대로 한 게 없는걸……."

"이렇게 뭐라도 해 보려고 하잖아."

연두는 그 '뭐라도 해 보려'는 일을 위해 자신은 이용돼도 괜찮다는 듯이 눈꼬리를 접어 미소 지었다. 나는 가끔 이 아이의 헌신이 두렵고, 또 부러웠다.

그늘 하나 없는 뙤약볕 아래를 한참 걸어가자, 먼발치에 이질적인 건축물이 보이기 시작했다.

하얀성은 널찍한 삼각뿔 모양의 백색 인공 섬인데, 바다 위를 표류하는 섬과는 완전히 다른 메커니즘으로 작동했다.

첫째, 성은 자연의 영향을 받지 않기 위해 24시간 공중 부양 상태를 유지했다. 모래사막의 아래에 설치된 판과 하얀성 하단부의 특수 장치를 이용해 자기장을 발생시켜 약 3미터 정도 떠 있는데, 검은탑에서 송신된 에너지를 전달받기 위해 얇은 송신관만이 기둥처럼 아래에 꽂혀 있다. 그 모양이 실에 매달린 삼각 풍선 같아, 어린아이들은 하얀성을 거대한 삼각 풍선이라고도 불렀다.

둘째, 성은 겉면을 빠짐없이 둘러싸고 있는 백색 패널로 랑데부의 빛 에너지를 축적했다. 하얀성은 여름 지옥의 무한한 빛과 열, 그리고 미미족이 채집한 에너지를 동력 삼아 공중 부양 상태를 유지했다.

셋째, 중앙 기관은 여분의 에너지를 이용하여 성 전체에 24시간 냉방 기기를 가동했다. 여름의 마수가 뻗치지 않는 하얀성 내부는 살갗이 여린 두두족이 살기에 윤택한 환경이자 행성의 자연과 어울리지 않는 첨단 인공의 세계였다.

하얀성의 형태가 또렷이 보이기 시작하자 연두는 걸음 속도를 늦췄다. 처음 보는 삼각의 섬 앞에서 경외와 흥미를 동시에 느끼는 것은 이상한 일이 아니었다.

"주홍아, 예전에 어른들이 그런 말을 한 적이 있어. 하얀성은 완벽해 보이지만 저기에 살고 있는 두두족은 '밤'을 무서워한대."

"행성의 뒤통수에 있는 걸 말하는 거지?"

"응, 거기엔 빛이 없으니까 똑똑한 두두족도 무력해진댔어."

"근데 거기는 미미족도 무서워해."

랑데부의 빛이 사라지고 온 세상이 새까매지는 걸 밤이라고 한다지. 눈을 감고 앞을 볼 때처럼 말이다. 빛이 닿지 않는 행성의 뒤통수에는 이곳과 정반대로 가혹한 추위와 어둠이 도사렸다. 육신이 약한 두두족은 더위를 견디지 못하는 만큼 혹한에서도 살지 못하여 행성의 뒤통수를 생명체의 지옥으로 간주했다. 물론 미미족도 그 지점에서는 자유롭지 않았다.

"하얀성에 쳐들어갔을 때 두두족 사람들과 대화는 가능했어?"

"내 말을 들어 주는 사람은 한 명도 없었어."

"역시 대화가 되는 사람은 지금으로선 일록 오빠뿐이겠네……."

"아무래도 그렇지."

연두가 바람을 느끼기 위해 머리칼을 높게 올렸다가 다시 내렸다. 바싹 구워진 뒷덜미에 건강한 땀줄기가 흘렀다.

"나라도 도울 수 있어 다행이야. 데려와 줘서 고마워."

대답하지 못했다. 지금 고맙다고 말할 사람은 네가 아니었다. 얼마나 다정해져야 억지로 따라온 상황에서도 제 발로 온 사람처럼 즐거운 체할 수 있는 걸까. 신이 존재한다면 그 자식은 반드시 치사한 놈일 것이다. 연두가 조금이라도 영악한 아이였다면 절대 여기까지 오진 않았겠지. 신이 연두의 마음에 이기심을 조금도 나눠 주지 않아 오히려 연두의 곁에 선 타인들이 자신의 이기심을 깨달아야만 했다.

한참을 걸어 마침내 도착했다. 하얗고 커다란 삼각뿔이 공중에 떠 있는 곳. 랑데부를 정면으로 마주 보는 사막 중심이라 온 사방이 뜨겁게 타올랐다. 이 황량한 구역에는 풀 한 포기 자라지 않았다. 허망한 공간에 건축된 풍족의 터전 안에서 쉬고 있는 건 오직 문명의 야만인들뿐이다. 새들도 이 성을 본다면 침을 뱉고 도망갈 것이다.

하얀성 구역 시작을 알리는 호출기가 보였다. 숫자로 이뤄진 키패드로 두두족의 코드를 입력할 수 있었다. 두두족을 호출하는 건 미미족 족장이 가진 하찮은 특권이었다. 나는 지상에 덩그러니 놓인 호출기에 001-02라는 코드를 입력했다. 두두족 족장에게서 코드를 부여받은 미미족은 일록과 이록 형제뿐이었다. 그 코드를 받던 날, 이록은 하얀성에 출입한 적이 있다.

번호에는 나름의 의미가 존재했다. 완전한 두두족은 정식 숫자만 가진다. 예를 들자면 001 혹은 002. 뒤에 숫자가 별도로 붙었다는 건, 앞 숫자의 사람에게서 코드가 파생됐음을 의미한다. 001번은 현재 두두족의 족장, 즉 일록과 이록의 아버지를 상징하며 다음 숫자는 코드가 부여된 순서. 쓸모없는 아들인 일록이 02번이고, 해독가인 이록이 01번이다. 즉 일록의 코드 001-02를 해석하자면 001번 두두족의 은혜를 두 번째로 받은 존재라는 뜻.

일록은 궁극의 원천을 아버지에게 인도하면 정식 코드를 받을 수 있다고 했다. 그가 살아가는 이유는 그 코드를 지급받아 완전한 두두족이 되기 위함이겠지.

코드를 입력하고서 오랜 시간이 지난 후 성 하단에 설치된 정문이 열렸고, 지상까지 내려온 간이 계단에 불이 들어왔다. 잠시 뒤 계단 가장 높은 곳에서 기다리던 녀석이 나타났다.

성가시다는 얼굴을 한 일록이 욕지거리를 뱉더니 내려왔다. 치렁치렁하게 기른 흑발이 랑데부 빛에 노출될 때마다 난폭하게 반짝거렸다. 한 올 한 올마다 하얀성의 축복인 냉기가 스며 있었다.

"누가 멋대로 날 호출하래?"

죽일 듯이 노려보는 일록에게 연두가 어색한 인사를 건넸다.

"안녕, 그…… 오랜만이네."

"뭐야?"

"나도 같이 왔어."

"네가 여길 왜 와?"

나를 볼 때와 달리 연두를 볼 때 일록의 눈동자는 자세히 관찰해야만 알 수 있을 정도로 미세하게 커졌다가 다시 돌아왔다. 찰나의 순간이었지만 미미족 마을에서 살았던 시절의 모습이 스쳐 지나갔다.

"넌 족장도 아니면서 뭔데 여길 와."

"주홍이랑 같이 할 말이 있어서."

연두의 말을 듣고 일록이 고개를 홱 돌렸다. 그러고는 재빨리 다가오더니 내 어깨를 움켜잡았다.

"애를 데리고 오면 내 마음이 바뀔 거라고 생각해?"

"정확하네요."

"추억 팔이로 마음이 바뀐다면 나는 여기 오지도 않았어."

"하얀성이 그렇게도 좋아요?"

"당연하지. 열등한 종족의 운명을 쥐락펴락할 정보가 내 집에 있는데 좋지 않을 리가!"

연두가 날 선 상황을 중재하기 위해 가까스로 나와 일록을 떨어뜨렸다. 둘은 아주 오랜만에 서로를 마주했다. 모래 범벅의 텁텁한 흙바람이 불었고, 연두와 일록의 머리칼이 뒤엉켰다. 초록과 검정이 서로를 그리워하며 몰래 맞닿았다. 일록의 표정이 누그러지는 듯하다가 다시 구겨졌다.

"두두족 사람들이 일억 번째 여름이 왔다는 걸 알아차렸어?"

"네가 아는 대로야."

"그럼 우리는 어떻게 되는 거야?"

"너희는 희생돼야지."

"너희라니⋯⋯. 우리랑 같은 미미족이고 동료였잖아."

"속 터지는 소리 하지 마. 짜증 나."

일록은 자신에게 뻗어 오는 연두의 팔을 채찍 치듯 후려쳤다. 연두의 살갖 위에 붉은 자국이 생겼다.

일록이 숨을 쉴 때마다 차가운 공기가 코끝을 스쳤다. 자연의 흔적을 상실한 건조한 기계 세상의 향이었다.

"이록이 궁극의 원천만 찾으면 그 즉시 동시다발적으로 재앙을 일으켜 미미족을 깡그리 멸망시킬 거다. 예언의 실행은 아버지의 뜻이기도 하니까."

고개를 가로젓는 연두는 생채기를 후벼 파인 사람처럼 아파했다.

"정말 그렇게까지 두두족이 되고 싶어?"

"너한테 두 번 세 번 얘기하는 것도 사치다."

내가 착각했던 걸까. 연두를 데려오면 일록의 마음이 조금은 흔들릴 줄 알았다. 종이 위에 물감 한 방울 떨어뜨리는 정도라도 괜찮으니 유약함에 물들길 바랐는데, 오산이었다. 일록은 이제 연두를 향해서도 나를 볼 때처럼 죽이려는 눈빛을 쏘아 댔다.

나는 연두를 보호하기 위해 재빨리 등 뒤로 보냈다. 연두는 하고 싶은 말이 남은 눈치였다.

"지금 이 순간조차도 미미족의 말씨를 쓰고 있잖아. 마을에 살면서 힘들었던 마음 다 아니까 이제라도 돌아와."

"정말로 내 마음을 다 아는지 볼까?"

일록은 자신의 정체성을 읊어 주는 아이에게 헛웃음조차 보이지 않았다. 일록의 코끝이 연두를 숨겨 주던 나에게 겨눠질 만큼 바짝 다가왔다.

"也许吧。"

"뭐라고요?"

"しかし、君が知っていることがすべてではない。"

"무슨 말을 하는 거예요? 우리말로 해요."

"Ne pense pas trop mal de moi."

네오인의 언어가 아니었다. 고대 선조들의 언어였다. 비록 이록보다는 해독력이 떨어진다고는 하나 일록 또한 몇몇 고대어를 불완전하게나마 구사했다. 도저히 알 수 없는 언어의 발음 하나하나가 미지 괴생명체의 촉수처럼 귓바퀴를 간질였다. 알지 못한 채로 자꾸 닿으면 나를 다치게 할 것만 같았다. 불가해한 음성은 말이라기보다는 그저 소리의 나열처럼 느껴졌다. 비릿한 표정을 짓는 일록에겐 여유로움이 있었다.

"해독가는 못 됐을지언정 난 너희가 모르는 언어를 알아. 이게 무엇을 의미하는지 알기나 해?"

우리는 일록의 야비한 태도에 겁을 먹고 한 발짝 물러났다.

"마음을 숨길 수 있다는 거야. 그럼 너희처럼 타인의 언어를 모르는 무지한 놈들은 어떻게 될까?"

정문에서 경고음이 울려 퍼졌다. 대면 허가 시간이 끝났으니 돌아오라는 신호였다. 일록이 연두를 향해 낮은 목소리로 읊조렸다.

"마음을 전하지 못하는 세계에 갇히지."

그대로 일록은 등을 돌렸다. 아직 내 말이 끝나지 않았다고 외치며 뒤를 바짝 쫓았다. 계단을 오른 일록은 어떤 대꾸도 하지 않고서 글러브를 정문에 태깅했다. 문이 열리고 일록이 들어가려 했다.

"잠깐만 할 말이 좀 더……."

"내 할 말은 끝났으니 네가 사는 곳으로 꺼져!"

일록은 가차 없이 나를 발로 걷어찼다. 나는 그대로 계단 아래로 굴러떨어졌다. 바닥에 얼굴이 처박히는 순간, 사막 모래의 뜨겁고 포근한 질감이 느껴졌다.

이건 성공이었다. 웃음이 나왔다.

5

내게는 족장으로서의 계획이 아직 남아 있다. 연두를 집까지 데려다준 뒤에 이번에는 이록과 함께 하얀성으로 갈 준비를 했다.

일록이 나를 발로 밀어 버리기 직전, 할 말이 남은 척을 하며 성의 정문을 여는 순간만 기다렸다. 문이 열릴 때, 일록의 어깨를 잡아끌며 내 쪽으로 시선을 돌린 뒤, 발끝으로 작은 돌조각을 밀어 문틈에 끼웠다. 지금 하얀성의 문은 완전히 닫히지 못했다. 틈 밖으로 강하게 새어 나오던 냉풍이 그 증거였다.

움집 바닥에 무력하게 누워 있던 이록을 흔들어 깨웠다.

"이록아, 일어나 봐. 지금 하얀성에 잠입할 수 있어."

"하얀성에?"

"정문을 조금 열어 뒀어. 호출기에 흔적을 남기지 않고 들어갈 수 있을 거야."

"잠입해서 뭐 하려고? 금방 들통나 쫓겨나기만 할 거야."

"정보를 캐내 오자. 넌 한 번 들어가 봤으니까 구조를 알잖아. 일록이 그랬는데 자기 집에 중요한 정보가 있대."

"난 별로 가고 싶지 않……."

"미안. 너한테 거부권 없어."

누워 있는 이록을 냅다 일으켜 업었다. 몸을 민첩하게 사용하지 못하는 이록은 이럴 때 속수무책이었다. 나의 행동이 막무가내라는 걸 알지만, 하얀성 안에서 일록이 거주하는 장소를 찾기 위해서는 이록의 도움이 필요했다. 잠입만 성공한다면 정말로 중요한 정보를 캐낼 수 있을지도 몰랐다. 쉽게 오는 기회가 아니었다. 문틈에 돌을 끼워 넣어서 잠시 닫히지 않게 만드는, 지극히 원시적인 방법이 통하는 건 비상한 두두족이 두 번 허가할 실수가 아니었다.

이록을 업고 사막을 향해 다시 열심히 뛰었다. 숨이 턱끝까지 차올라 매 호흡이 구토처럼 고통스러웠으나 큰일을 해내리라 생각하니 견딜 수 있었다. 혹시 모르잖아. 하얀성 안에 멸망을 피할 방법이 있을지도. 달아날 방법, 내일을 보장받을 방법, 다 같이 죽지 않고 살아남을 방법이.

"할 수 있는 일은 다 해야만 언젠가 가족에 대한 복수도 할 수 있지 않겠어?"

"참 무모하네."

"난 족장이니까! 모든 일이 잘 풀릴지도 몰라."

하얀성에 도착하니 끼워 둔 돌이 그대로 있었다. 문이 완전히 닫히지 않아 계단도 내려진 채로 방치되어 있었다. 정문과 벽 사이 생긴 틈에다 손가락을 끼워 넣고 힘껏 밀었다. 고상한 두두족이라면 감히 그들이 세상과 구분해 놓은 경계를 이렇게 무식한 방법으로 허무리라 예상하지 못하겠지. 원래 용기는 무식하고 투박한 법이다.

"열렸다!"

"이렇게나 쉽게 열린다고? 이상한데……."

이록이 기뻐하는 내 입을 한 손으로 막으며 큰 소리를 제지했다. 이록의 손에 코드를 부여받은 글러브가 있어 외부인의 침입으로 인식되지 않아 경고 사이렌은 울리지 않았다.

숨을 죽이고 일자형 통로를 걸어가니 유리로 된 문 하나가 열렸다. 그 너머로 펼쳐진 세계는 마치 거대한 유리 돔 같았다. 마을 열 개를 한 곳에 모아 놓은 듯이 커다란, 폐쇄된 두두족의 제국. 삼각뿔 모양으로 솟아오른 천장은 바깥에 분명 하얀 패널이 붙어 있음에도 투명하여 맑은 하늘을 그대로 드러냈다. 알록달록하고 아담한 식물이 지천에 즐비했다. 우리 세계의 식물들은 하나같이 흉포하고 거대하며 독성도 강해 쉽게 먹지 못하는데 이곳의 식물들은 달랐다. 입에 넣으면 단맛을 내며 녹아 버릴 게 분명했다. 곳곳에 인공 폭포가 흘렀으며 산과 바다가 있어야 할 곳에 그것들의 영상을 담은 대형 스크

린이 존재했다. 어디에도 미미족의 움집 같은 것은 없었다.

좌우 끝엔 하얗고 깔끔한 외관의 사각 건물이 행과 열을 맞춰 즐비하게 늘어섰다.

"형의 집도 저 안에 있어."

"직선만 있는 집이네. 되게 이상하다."

"공허하지."

완벽한 측량에 감탄하면서도 자연의 개성이 거세되었다는 점이 칭찬보다는 조롱을 하고 싶게 만들었다.

가장 충격적인 것은 역시 사방에서 나오는 시원한 바람이었다. 천장 너머로 여전히 랑데부가 보이는데 전혀 덥지 않았다. 시원했다. 분명 바깥은 사막이고 열기에 숨이 막혔다. 우리는 같은 행성에 살고 있다. 그러나 이곳에서는 한랭한 바람이 횡횡 불었다. 땀자국마저 싹 말랐고 사지에 닭살이 오소소 돋아났으니 나도 모르게 소변을 본 것처럼 몸을 떨었다. 검은 폭포에서 느끼던 감각과는 완전히 달랐다.

자연이 아닌 것들이 만드는 시원함이란 이토록 징그럽구나.

"형은 첫 번째 사각형의 꼭대기 층에 산다고 들었어."

"비밀번호를 알아?"

"아마 형의 코드 번호가 아닐까 싶어. 이곳 사람들은 모두 자신만의 코드를 부여받고 절대 공유하지 않거든. 관심도 없고."

바깥에 더 머물렀다간 중앙 기관의 감시에 들통날 수 있으니 곧장 첫 번째 건물 안으로 들어갔다. 이록은 엘리베이터라는 물체에 탑승하면 단숨에 꼭대기 층까지 수직 이동이 가능하다고 알려 줬다. 그건 사각형으로 된 금속 물체로, 실내 안의 또 다른 실내 공간이었다.

사각 물체를 타고 상승할 때 몸 안의 장기가 배배 꼬이는 듯한 기묘한 감각이 느껴졌다. 나는 진저리 치는 시늉을 하며 이 질감에 학을 뗐다.

마지막 층에 도착한 후 이록은 벽면의 명패를 일일이 확인하고는, 일록이 사는 곳을 찾아냈다.

"주홍 누나, 여기까지 이상하리만치 쉽게 왔어. 뭔가 의심을 해 봐야……."

"일이 잘 풀리려는 거야. 하얀성 별거 없네!"

비밀번호는 이록의 말대로 일록의 코드 번호가 맞았다. 신호음이 울리고 문은 즉시 열렸다. 지금까지 계획에 어긋나는 일은 없었다.

"과학이 발달하면 사람들은 네모를 좋아하게 되는 건가?"

열린 문 너머 펼쳐진 일록의 방 모양도 사각형이었다. 사각형 바닥 위에서, 사각기둥 건물 안에서, 다시 사각형 엘리베이터를 타고, 또 사각형 방 안에 사는 두두족. 그들은 모양이 제각각인 자연 위에서, 역시나 제각각인 움집 안에 사는 우리와는 몹시 달랐다. 자로 잰 듯 완벽한 각도와 직선의 깔끔한 교차가 감탄스러운 동시에 그 일률성이 무서울 정도로 기이했다.

일록의 방을 재빨리 탐색했다. 사용법을 알지 못하는 수많은 물품과 침대, 최신식 가구가 보였다. 책상 위에는 여러 문서들이 어수선하게 펼쳐져 있었다.

"여기서부터는 내가 뒤져 볼게."

나는 일록을 등에서 내려 주고, 방 곳곳의 문서들을 찾아 한곳에 모아 줬다. 일록은 글들을 재빨리 해독하며 도움이 될 만한 것인지를 감별했다.

"전부 식량 배급 확인서나 미미족 감시 보고서 같은 것들이야. 새로운 내용이랄 게 없어."

"그럴 리가! 분명 일록이 자기 집에 미미족의 운명을 쥐락펴락할 정보가 있다고 도발했어."

일록은 쓸모없는 종이를 팔랑거리며 난처해했다. 여기까지 왔는데 유의미한 정보를 하나라도 얻어야만 했다. 그때 일록이 무언가를 기억해 낸 듯 손뼉을 치고선 침대 밑을 뒤졌다.

"형이라면 이럴 줄 알았어."

작은 상자 속에서 노란색 표지의 낡은 수첩 하나가 발견됐다. 질긴 철꽃 줄기로 종이를 엮어 만든 것이었다.

"형의 일기야."

"일기? 일기가 뭔데?"

"매일의 생각이나 있었던 일을 기록하는 문서야. 고대어를 익힐 때 복습할 겸 쓰라고 가르침 받았던 거라 형도 쓰곤 했거든."

이록이 일기라는 것을 펼치자 웬 낡은 지도 하나가 떨어졌다. 특정 목적지를 대략적으로 표시한 그 지도에는 쓰임새를 설명하는 문장이 제법 길게 나열되어 있었다.

"벙커 지도?"

"그건 또 뭔데?"

"여기에 적힌 설명에 따르면 사람들을 외부 충격으로부터 지키는 공간이래. 고대 선조들이 만들어 놓고 소행성 충돌의 타이밍을 알지 못해 사용하지 못했다고 기록되어 있어. 그러니까 이건……."

"설마 이게?"

"맞아! 선조들이 남긴 '두 개의 흔적' 중 하나야!"

괄목할 만한 발견이었다. 한껏 치솟은 나의 뺨이 흥분감에 볼록거렸다. 나는 지도를 해독하지 못함에도 반가운 눈으로 훑었다. 이록은 세부적인 위치가 안내되어 있지는 않다고 설명을 덧붙였다.

심지어 지도가 가리키는 대략적인 목적지마저 행성의 뒤통수 구역이었다. 찬란한 과학 문명을 이룩한 두두족도 두려워하는 어둠의 세계. 그런 곳에 사람을 생존시키는 지하 벙커가 존재한다니 의아한 일이었다.

확실한 위치를 알기 위해선 설명이 더 필요했다. 이록 역시 자초지종을 파악하고자 일록의 일기를 마저 속독했다. 눈동자를 치열히 굴리며 이록은 일록이 남긴 미지의 정보를 한 움큼씩 베어 먹었다. 나도 그 옆에서 종이를 흘끔거렸으나 도무지 내게는 알 수 없는 언어들일 뿐이었다.

일억 번째 여름이 왔음을 알고 있다.
서둘러 미미족 마을에 지진을 내려야 한다.
그 사람의 지시다.
계획대로 차질 없이 잘 진행되기를.

지진을 내렸고 고맙다는 말을 들었다.
그 사람의 뜻대로 궁극의 원천을 찾아 아버지에게 주면 뭔가가 달라질까.

역시 내 삶에는 선택지가 많지 않다.
늘 그랬다.

이록.
내 계획대로 네가 이걸 보고 있다면
네 집 오른쪽 모퉁이의 바닥 밑 비밀 함에 아직 남아 있을 네 어머니의 일기를 봐.
섣불리 다른 사람들에게 말하지는 마.
모두가 위험해져.

이록이 화들짝 놀라더니 일기를 놓쳤다. 나는 그 일기를 주워 들고 페이지를 열심히 넘겼지만 어떤 활자의 의미도 알아내지 못했다. 이록은 망령이라도 본 사람처럼 굳어서는 손을 파르르 떨었다.

그때 현관문이 벌컥 열렸다. 이록은 재빨리 벙커 지도를 등 뒤로 숨겼다.

"열동한 악취가 나서 왔더니만!"

관리인이 코를 부여잡으며 정체 모를 무기를 들이밀었다. 이윽고 로비에 붉은 조명이 켜지더니 포악한 사이렌이 울려 퍼졌다. 쫓겨나는 건 한순간이었다. 우리는 하얀 삼각뿔 밖으로 씹다 만 향나무 잎처럼 뱉어졌다.

6

덥다. 정말이지 너무 더웠다. 한마디라도 더 전하려 애를 쓰지 않으면 입에서 나오는 것은 헐떡임뿐이었다.

"이록아."

"……."

"이록."

"……."

"말 안 하면 네 주먹밥 내가 다 먹는다?"

어머니를 잃고서 며칠. 일록의 집에서 지하 벙커 문서를 훔치다 그대로 정문 밖으로 내팽개쳐진 지도 며칠. 계단을 두 번 구른 나는 다치지 않았지만 육신이 원체 약했던 이록의 몸에는 여기저기 타박상이 생겼다. 허나 그 타박상이 옅어져도 이록의 잃어버린 말수는 돌아오질 않았다.

정확히 말하자면, 이록은 그날 집으로 돌아오자마자 뭔가에 씐 사람처럼 무서운 속도로 사방을 파헤쳤다. 특정한 모퉁이를 집요히 뒤진 후에 미처 알지 못했던 메모가 존재한다는 사실을 발견했다. 그 메모는 이록의 어머니가 고대어로 적어 놓은 것이라 나는 이번에도 해독할 수가 없었다.

이록아.
궁극의 원천은 전부 네 아버지에게 주거라.
미미족의 힘으론 두두족을 결코 이길 수가 없단다.

때가 오고 있다.
너도 콜로나 시찰을 다니면서 슬슬 눈치채지 않았니?
선조들이 우리에게 두 가지를 남겼음을 잊지 마라.

언어를 아는 것은 소통과 침묵을 선택할 수 있다는 것이고,
우리는 침묵의 무게를 알 필요가 있단다.
도움을 구했다간 사람들이 다칠 테니, 너무 많은 사람이 너를 돕도록 해선 안 된다.
만일을 대비하여 모든 걸 기록으로 남기지 못함을 용서해라.

대체 무엇이 적혀 있기에 그리도 복잡한 얼굴을 하느냐고

물었지만 답은 돌아오지 않았다. 단지 벙커 지도를 잘 간직해야 한다는 말뿐이었다. 이록은 밥을 먹지도 물을 마시지도 않았고 해안가 산책을 가자며 보채지도 않았다.

그 아이는 고요했으나 머릿속에서 혼자만의 아우성과 싸우느라 치열해 보였다. 알 수 없는 언어를 웅얼거리거나 종이에 고대어를 적고, 보이지 않는 유령을 쫓는 사냥꾼이 돼 집요히 추리했다. 작은 아이의 하루가 외로운 사투로 가득 찼다.

벙커가 있다는 행성의 뒤통수로 가는 건 아무래도 내키지가 않아 나는 이록에게 궁극의 원천을 발견한다면 그것을 이용해 다른 피난 방법도 강구해 보자고 말했다. 이록은 답이 없었다. 그건 내 말에 대한 긍정도, 부정도 아니었다. 고의적인 침묵을 어떻게 해석해야 할지 몰라 단지 어머니를 잃은 아이가 겪는 긴 우울로만 판단했다.

장난기 어렸던 얼굴이 매섭게 변해 갔다. 다리가 아프면 눈물을 참느라 훌쩍거렸던 코끝도 버석하게 갈라졌다. 나를 불러 실없는 이야기를 하던 입에서는 배가 고프단 말조차 나오지 않았다. 말이 사라진 이록의 세계에서 나는 자꾸만 삭제되어 갔다.

그러던 중에 이록이 오랜만에 한마디를 했다.

"선조들이 남긴 것의 의미를 이제야 알겠어."

내가 반색하며 그 의미를 물었을 때부터 이록의 태도는 확연히 바뀌었다.

"두두족에게 궁극의 원천을 바치겠어."

이록은 전과 달리 명령 수행에 열의를 보였다. 갑자기 왜 그들에게 잘해 주려는지 이유를 물었으나 설명은 없었다. 우리 사이에 부쩍 생략이 많아졌다. 천금 같은 침묵이 반짝일 때는 랑데부의 빛에 고여 있던 열기만 내 몸을 채웠다. 더웠다. 정말 더웠다. 대화하지 않고 같은 방에 누워 있으면 미치도록 더웠다.

"일억 번째 여름까지 왔는데 궁극의 원천을 찾아 주면 두두족은 미미족을 즉시 멸망시킬 거야. 너도 알잖아?"

"알아."

"이록아, 두두족 몰래 빨리 도망가야 돼."

"그것도 알아."

"갑자기 왜 그러냐고."

거대한 새들이 숲에서 날아들어 지붕 위에 앉았다. 육중한 날개를 퍼덕이는 소리가 울리면 온 사방에 흙바람이 일었다. 하얀성과 달리 원시적인 움집 안에는 먼지가 쉽게 머리를 들이밀었다.

숲이 울고, 바다는 야단치고, 비가 우리를 희롱했다. 소란스러웠다. 자연의 끈질긴 말소리마저 단숨에 무너뜨리는 이록의 무응답은 나로 하여금 그 아이의 얇은 입술에서 눈을 떼지 못하게 했다.

"왜 그러냐니까?"

이록은 계속해서 뭔가를 기록하고 탐구할 뿐이었다. 노트를 채울 정도로 가득히 콜로나에서 본 언어들을 적어 가며.

> Đừng tìm cái này.
>
> Jangan mencari ini.
>
> No busques esto.
>
> Don't look for this.
>
> **이것을 찾지 마세요.**

모르는 언어가 많았다. 곡선과 직선, 원과 점으로 이루어진 문자들을 아무리 조합해도 무슨 말인지 도통 알지 못했다. 이록은 점점 그것들을 다 알아 가고 있었다. 그래서일까. 나와 점점 더 멀어졌다.

'마음을 전하지 못하는 세계에 갇히지.'

이록이 너무나 많은 언어를 알게 돼서 우리 둘의 언어는 상실한 게 분명했다. 함께 눈을 맞추고 교감했던 우리는, 이제 손이 닿아도 마음을 알지 못했다.

하루는 너무 화가 나 업고 있던 이록을 바닥에 팽개쳤다.

"너도 결국 네 형처럼 두두족의 노예로 살겠다는 거야?"

분노해도 이록은 답이 없었다. 아니다, 어쩌면 답을 했다. 인중에 고인 땀도 닦지 않고 고대어 해석에만 몰두하는 눈빛이 곧 답이었다. 어머니의 죽음만으로는 해석되지 않는 괴리

감이 느껴졌다.

"형이 옳았어. 나도 형처럼 살 운명이야."

폭증하는 더위 속에서 우리의 마음도 여름을 닮아 자꾸만
타들어 갔다.

*

백금과 연두에게 벙커 지도가 존재함을 알렸다. 어른들에
게는 분란을 방지하기 위해 벙커의 존재는 감추되 행성의 뒤
통수로 가는 일에 대한 견해를 물었다. 그들은 하나같이 내
말의 의도를 의심했다. 그곳에서 삶을 영위한 네오인은 누구
도 없었으니 그럴 만했다. 채집자 셋이서 벙커 지도를 펼쳐만
놓고, 위치가 잘못되지 않았는지 머리를 맞대고 고민하기를
사흘.

뾰족한 침으로 하체의 살을 찌르는 느낌이 들어 일찍 잠에
서 깼다. 이질감에 집중하니 이 불쾌감은 무릎이 욱신거리는
통증이었다. 거의 다 망가진 투명색 방수 슈트를 챙겨 입었다.

"쓰나미가 올 거라 에너지를 채집하러 다녀올게."

"다녀와."

이록은 어쩐 일인지 인사는 해 주었다. 하지만 침대에 쥐처
럼 몸을 둥글게 말고 누워 얼굴이 보이지 않았다. 나는 작은
나무 탁자에다 짠맛이 나는 풀을 감싸 만든 주먹밥을 올려 두

었다. 엎드려 자길 좋아하는 이록의 뒤통수가 볼록했다. 예전 같았으면 장난으로 머리칼을 헝클어 줬을 텐데 왠지 그럴 수가 없었다.

거리가 생겼다. 너와 나의 마음 사이에.

"다치지 마."

그간 대화가 단절된 것에 서운한 마음이 들어 대꾸하지 않았다. 이랬다가 저랬다가 자기가 좋을 대로만 행동하는 놈들은 딱 질색이었다. 저 자식도 형인 일록을 닮아서 제멋대로인 구석이 있나 보지. 그리 생각하니 이록의 걱정이 하나도 고맙지 않았다.

집 밖으로 나온 후에야 분한 마음이 들었다. 입이 뻥 뚫려 있으면서 왜 그동안은 아무 말도 안 했느냐고 따지지 못한 걸 후회했다. 어째서 가장 좋은 말은 그 말을 할 타이밍을 놓친 후에야 생각나는지. 움찔거리는 무릎을 주먹으로 퍽퍽 내려쳤다. 아픈 만큼 다가올 쓰나미의 크기가 가늠됐다.

마을 입구에선 나와 똑같은 슈트를 입은 백금이 기다리고 있었다. 쓰나미 에너지 채집은 2인 1조로 떠나는 게 기본이었다. 보호 장구가 완전히 다 망가진 연두 대신 오늘은 백금과 한 팀이었다.

"주홍, 잘 잤어?"

"응, 너는?"

"잘 잤어. 연두는 늦잠 중."

백금은 파도 거품처럼 하얗게 치렁거리는 곱슬머리를 단정히 묶었다. 자신의 몸 가장 높은 곳에서 자라난 보석들을 대하는 손이 무정했다. 나도 그를 따라 주홍색 머리를 풀고 다시 빗어 올렸다.

백금이 덜 깎인 돌 표면처럼 거친 슈트의 복부 부분을 쓸어내렸다. 슈트에는 여기저기 균열이 있고, 우리는 수리 방법을 몰랐다. 나쁜 상황을 개의치 않는 듯 백금은 턱끝을 치켜들어 방향을 가리켰다. 감각이 기민한 동료라 늘 정확한 재해 구역을 감지했다.

"두두족은 궁극의 원천을 찾기 전까지는 우리를 살려 둘 것 같아. 이런 식으로 에너지 채집을 시켜야 하니까."

"알고 있어."

"열심히 할 필요가 없으니 살아서만 돌아가자."

"동감이야."

백금이 기지개를 켜고는 몸을 풀었다. 나도 따라서 허리를 비틀고 쓰나미 맞이를 준비했다.

그 어떤 네오인도 물속에서 호흡이 가능하게끔 진화하진 못했기에 우리는 익사에 대비해야만 했다. 그래서 쓰나미 에너지를 채집할 때는 두두족이 지급한 산소 헬멧과 슈트를 세트로 착용해 왔지만 워낙 오래되어 균열투성이가 됐다. 물이 들어올 게 뻔했다. 우리는 두두족 족장에게 방어구 재지급을 요청했으나 거절당했다.

'너희 종족의 긍지를 증명하는 건 너희의 몫.'

두두족은 우리에게 주어진 육체의 축복을 증명하라 요구했다. 준비가 되어서 살아남는 게 아니라, 살아남는 자가 준비된 자라는 궤변. 강한 미미족을 솎아 내고 채집자의 대를 우수하게 잇겠다는 설명을 했지만 그건 그저 표면적인 이유였다. 실상은 그들의 소중한 에너지를 한 톨도 우리에게 쓰지 않겠다는 뜻이었다. 그들은 우리를 노예처럼 부리면서 최소한의 선의조차 베풀지 않았다.

쓰나미는 여태껏 일어난 재앙 중 가장 많은 채집자를 죽였다. 이것이 쓰나미 에너지 채집을 반드시 2인 1조로 해야 하는 이유였다. 누군가 죽으면, 그 시체라도 건져 두두족에게 대령하기 위함이다.

"주홍."

스트레칭이 끝난 백금이 해안가 가까이로 다가갔다. 발을 푹푹 삼키는 모래사장 아래 깊숙한 곳에서 진동이 느껴졌다. 저 멀리서부터 굽이진 파도가 걸어오고 있었다.

"우리가 선수를 쳐야 해."

"뭘?"

"이 세계를 떠나자."

"벙커로 가자는 거지? 무턱대고 행성의 뒤통수로 가는 건 위험한 일이야. 어른들도 무서워할 테니 좀 더 신중해야 돼."

백금은 더 대꾸하지 않고 몸을 최대한 웅크렸다. 껍데기를 상실한 거북의 모습 같았다. 나도 몸을 둥글게 말았다. 머리를 보호하기 위해 무릎 사이에 깊숙이 집어넣고는 손목만 들어 올려 손바닥을 한껏 펼쳤다.

물의 신에게 기도를 올리는 신도처럼 우리의 육신 가장 높은 곳에 글러브가 향하게끔 했다. 이제부터 우리는 몸으로서 먼 옛 선조들이 사용했던 엔진 기관이 된다.

"온다!"

파도 소리가 들렸다. 저 심술궂은 거인은 더 이상 파도가 아니었다. 물로 만들어진 장막이자 물로 된 숲. 물로 된 육지. 물로 된 또 하나의 차원. 해저에 누워 있던 물이 온몸으로 일어나 뚜벅뚜벅 걸어왔다. 그것으로 모자라 맹렬히 질주했다. 하지만 어마어마한 키의 물도 중력을 거스르진 못하지. 물은 반드시 위에서 아래로 흐른다. 판의 진동에 의해 솟구친 저 바닷물은 반드시 우리의 머리를 향해 곤두박질칠 거다. 높은 곳에서 낮은 곳으로 처박히는 것들에는 비애가 있다. 추락은 곧 슬픔이요, 슬픔에는 파괴적인 힘이 깃든다. 두두족은 그것을 위치 에너지라 명명했다. 낙차가 발생시키는 폭력적인 힘은 미미족의 뼈를 으스러뜨리고, 머리통을 터뜨리고, 등골을 조각낸다. 우리는 그 모든 걸 버티고 견뎌 글러브에 힘을 축적하는 채집자들이다.

두려웠다.

"조심해."

여기서부터는 다시 운의 영역이다. 죽거나 사는 것은 소망의 영역이 아니다. 이 쓰나미는 나를 죽일 수 있고, 백금을 죽일 수도 있다. 자비가 무엇인지 모르는 자연과는 협상이 불가능하다. 나는 그저 신의 이름을 부르고 또 부르며 운명의 주사위가 가혹하지 않기를 바랐다.

"제발, 제발, 제발!"

백금 또한 나의 신음을 듣고는 이를 꽉 깨물었다. 머리를 더 깊숙이 말아 넣었다. 휘어진 척추뼈를 감싼 우리의 근육들은 파도에 맞서기 위해 기립했다. 내 옆의 친구가 죽지 않고 살길 바랐다. 나 또한 살아야 했다.

땅과 공명하는 쓰나미가 마그마를 토해 내는 화산의 소리를 연신 흉내 냈다. 세계가 물을 토하는 굉음은 지진 소리보다 조금 더 높고 날카로웠다. 행성의 몸을 감싸는 액체가 포효했다. 하얀 것은 포말이 되고 푸른 것은 채찍이 됐다. 유연한 태산이 연거푸 우리 앞에 섰다. 곧 떨어진다. 숨을 참아야 했다. 물에 갇혀 몸이 이리저리 흔들린다 해도 정신을 잃어선 안 됐다. 글러브에 에너지가 채워지면 재빨리 수영하여 피신하기. 이것은 나의 계획일 뿐 바다의 계획은 아니었다.

"견뎌야 해!"

백금의 외침을 따라 눈을 질끈 감았다. 엄청난 무게의 물이 쏟아졌다. 손바닥을 펼쳐야 에너지가 글러브로 잘 흘러왔다. 손뼈가 산산조각 날 것만 같았다. 흐르는 중력 속으로 몸을 내

던지는 감각. 물은 흐르기에 물은 짓누른다. 여름이 이렇게 더운데, 깊은 곳에서 솟구친 물은 뼈가 시릴 정도로 차가웠다. 찬 액체가 콧구멍과 입구멍, 눈구멍과 귓구멍을 무자비하게 열어젖혔다.

고대에 없었던 키가 큰 파도들. 빙하를 집어삼켜 티탄이 된 그들이 육지로 다가올 때마다 더 많은 힘을 축적하며 불어났다. 새여름과 끝여름이 없던 시절에는 존재하지 않았던 슈퍼 쓰나미. 우리가 맞이하는 이 시대의 재앙은 그 정도로 흉포했다.

폭력이 왕창 쏟아졌다. 거센 물살이 몸을 걷어차는 순간 정신을 잃고 아주 멀리까지 휩쓸렸다. 이러면 실패였다. 운이 나를 선택하지 않았다는 뜻이다. 간신히 참았던 숨이 생명 줄을 부여잡았을 때, 천만다행으로 쓰나미가 끝났다.

"주홍, 괜찮아?"

눈을 떠 보니 해안가의 암석까지 떠밀려 가 있었다.

"너 다리가……."

깨지고 벌어져 엉망이 된 슈트 사이로 핏물이 흘렀다.

7

허리가 꺾인 고목의 잎으로 급히 피를 닦았다. 쓸데없이 몸이 건강하여 상처를 자랑할 새도 없이 금방 지혈이 됐다. 백금은 다리를 다친 나를 업고, 채집된 에너지를 송신하는 인근의 검은탑까지 걸어갔다. 누군가를 업을 줄만 알았지, 업히는 건 처음이었다.

"무거울 텐데 미안."

"전혀."

백금의 간결한 답이 무슨 의미인지 아리송했다. 전혀 무겁지 않다는 말인지, 전혀 미안할 일이 아니라는 뜻인지. 바짝 닿아 있으면 더울 테니, 조금이라도 폐가 되지 않고자 업힌 몸을 살짝 뗐다. 내가 몸을 뒤로 뺄 때마다 백금이 팔에 힘을 줬다.

"붙어 있지 않으면 불편해."

"그런가. 또 미안."

"맨날 업고 다니면서."

상대를 배려한 행동이 오히려 상대를 불편하게 만들었다는 사실에, 나는 얼른 몸을 바싹 붙였다. 이록이 업힐 때마다 왜 불편하게 몸을 말았는지를 이해했다. 서로 떨어져서야 안 보이던 것이 보였다.

쓰나미의 막대한 에너지를 탑에 태깅하여 송신했다. 글러브에 새겨진 숫자는 다시 '0'으로 바뀌었다. 우리와, 우리의 부모와, 그 부모의 부모와, 또 이름 모를 조상들의 희생을 먹어치운 검은탑은 굳건히 빛났다.

백금은 나를 업은 채로 한참을 서 있었다. 사람이 아니라 죽은 나무 막대로 느껴졌다. 나는 업힌 채 백금의 어깨를 두드리며 복귀를 채근했다.

바람이 부니 머리털이 하얀 동료의 몸에서 소금 냄새와 땀 냄새가 엉켜 풍겼다. 거짓됨이 없는 이 냄새를 나는 미워하지 않았다.

"주홍, 우리 이 짓 그만하자."

"나도 당장 피난을 가고 싶긴 하지만, 벙커의 정확한 위치를 모른 채로 행성의 뒤통수로 가는 일은 위험해. 차라리 궁극의 원천을 찾아서 그 에너지로 뭔가를 시도해 본 뒤에 가는 건 어때?"

"그냥 떠나자."

"어둠뿐이라 우린 다 얼어 죽을 거야."

"가 본 적 없잖아?"

"없지만, 누구도 가지 못한 데는 이유가……."

"우리가 가자. 그리고 살자."

나는 백금의 어깨 위에 턱을 갖다 댔다. 한숨이 나오려기에 참지 않고 내뱉었다.

백금의 말이 맞았다. 당장 벙커로 떠나는 게 옳았다. 하지만 오늘도 나는, 나를 멸망시키려는 두두족의 낙원을 위해 봉사했다. 분명 증오하고 있으면서 말이다. 왜 운명을 거스르지 못하는 것일까.

에너지를 바쳐야만 식량을 주니까? 아니다. 풀을 베고 곤충을 잡아다가 구워 먹어도 삶은 이어 갈 수 있다. 그렇다면 두두족의 징벌이 두려워서? 그럴지도 모른다. 하지만 두려움이 결코 순종을 정당화하지는 못했다.

미미족은 단 한 차례도 두두족에게 반기를 든 적이 없었다. 마치 유전자에 복종이라는 단어를 각인해 두고 사는 바보들처럼. 우리의 부모와, 그 부모의 부모와, 또 이름 모를 어떤 조상들은 그래서 죽었다. 아무것도 바꾸지 않았기에 이제 우리가 죽을 차례까지 온 것이다.

"서둘러 피난을 가야 해."

백금은 했던 말을 반복하지 않는다. 웬만하면 말이다. 그런 아이가 했던 말을 한 번 더 반복했다. 이것은 더 이상 제안이 아니었다. 나는 족장으로서 고민에 빠졌다.

오로지 어둠만 존재하는 구역으로 떠나는 일이란, 좋아하지 않는 사람을 마중 가는 일처럼 영 내키지가 않았다. 현재로서는 유일한 피난법임을 부정하고만 싶었다.

새로운 내일이 무서웠다. 그 내일이 우리를 돌이킬 수 없을 만큼 변형시킬까 봐. 가소성. 그것이 우리를 지배하는 빌어먹을 습성이니까.

"백금, 너 이런 말 들어봤어? 도망치는 자들에게 낙원은 없대."

백금이 코웃음을 쳤다. 내 쪽으로 살짝 고개를 돌리자, 그의 높은 콧대가 머리칼의 빛깔처럼 반짝였다. 하늘에 뜬 랑데부를 닮아 찬란하여 오래 볼 수가 없었다. 자꾸 훔쳐보았다간 이 나약한 마음이 다 타 버릴 것이다.

"그럼 더더욱 직접 봐야지."

"뭘?"

"그 말이 진짠지 아닌지."

"희망 없는 공터일까 봐 겁이 나. 거기서도 안전을 찾지 못하면 걷잡을 수 없을 정도로 절망하게 될 거야."

백금이 즉답했다.

"낙원이 없다면 만들면 돼."

이제는 습성을 거부할 때가 온 걸까. 선조들이 하지 않았던 선택을 해야 하는 순간이 우리 세대에 도래하고 말았다.

고개를 들어 올려 익숙한 낯을 눈에 담았다.

*

　이번 콜로나는 유독 미로 같았다. 돌벽을 열면 그 너머에 또 돌벽이 있고, 다시 열면 다른 돌벽이 나왔다. 이중 삼중으로 감춰진 모양새에 기대를 걸었지만 역시나 끝은 허무했다. 선조들은 보석 하나 없는 공간을 잘도 밀폐해 놓았다. 돌벽이 많아 새겨진 글자의 양도 방대했다.

　수많은 언어. 빼곡한 기호. 힌트가 없는 외침. 인간의 형상처럼 보이지만 어딘가 음습해 보이는 그림. 하지만 구체적인 정보를 암시하는 수상쩍은 역사들.

　이록은 손으로 고대어들을 일일이 느끼며 종이에 내려 적었다. 어린 눈동자가 팽이처럼 힘 있게 돌아갔다. 어느덧 내가 모르는 존재로 탈바꿈한 이록은 아이에서 낯선 청년으로 부쩍 자란 것 같았다.

　"다음 목적지는 어디래?"

　"북부 산악 지대의 콜로나."

　"꽤 멀겠네. 오늘은 이쯤에서 보고를……."

　"아니, 거기까지 시찰할게. 많이 가까워진 기분이 들어."

　평상시였다면 이록은 내 말에 순응했을 텐데 오늘은 완강했다. 업히라 말하지 않았는데도 제멋대로 업혀서는, 걸음을 독촉했다. 집으로 돌아가 봤자 기다리는 사람이 없어서일까. 어머니를 지키지 못한 미미족에게 배신감을 느껴서일까. 이록은 자꾸만 우리 편이 아닌 두두족의 편처럼 행동했다.

"그냥 피난이나 준비하는 게 어때?"

"이 일이 먼저야."

"끝까지 두두족이 시키는 대로 움직이다 죽겠다는 거야?"

"겁쟁이다운 걱정이네."

그 말이 우리 사이의 거리감을 살찌웠다. 이록이 부쩍 무겁게 느껴졌다.

"갑자기 겁쟁이라는 말은 왜 해?"

"매번 진실을 보는 게 무서워서 엉뚱한 말이나 하잖아. 이번에도 도망가고 싶어서 자꾸 명령을 어기자고 회유하는 거지."

"이건 회유가 아니라 우리가 살기 위해 당연한……."

"궁극의 원천은 반드시 찾아서 아버지에게 줄 거야. 약속을 했으니까."

나는 너를 업은 채로, 너는 내게 업힌 채로 마치 10미터는 떨어져 걷는 사람인 양 차갑게 굴었다.

"그 약속이란 게, 우리가 살 방법을 마다할 정도로 중요한 거야?"

"중요해. 나는 누나처럼 거짓말하지 않거든."

화가 솟구쳐 이록을 받친 팔을 확 놓아 버렸다. 철퍼덕하는 소리가 나더니 이록이 주저앉았다. 엉덩방아를 찧어 몹시 아파하면서도, 화를 내지 않고 가만히 버티기만 했다. 평소 같았으면 아프다고, 왜 그러느냐고 떼를 썼을 텐데. 나는 이록이 참는 모습이 마음에 들지 않았다.

"족장은 나야. 내가 시키는 대로 해! 나는 동족을 살릴 의무가 있어."

"내 의무는 아니야."

"너 요즘 들어 이상해. 너도 신분을 상승시켜 준다는 제안이라도 받았어? 나 몰래 뭘 받아 처먹기라도 한 거야?"

이록은 시든 풀같이 생기 없는 표정을 지었다. 장난이 잘 어울리던 입매에 허무가 맺힐 수 있다는 걸 처음 알았다.

"그럴지도 모르지."

"진심이야?"

"말했잖아. 난 누나처럼 거짓말은 안 한다고. 하지만 앞으로는 나도 그 거짓말이란 걸 좀 하며 살까 해."

부아가 치밀었다. 홧김에 동굴 안에 굴러다니던 돌을 걷어찼다. 벽에 부딪힌 돌이 세월의 균열을 이기지 못하여 반으로 쪼개졌다. 조각의 절반은 내 발 옆에, 다른 절반은 이록의 발 옆에 떨어졌다.

한번 분열된 것은 다시 붙여도 하나가 되지 못한다.

"다리 다쳤지?"

"상관 마."

"쓰나미 채집 이후로 묘하게 절뚝거려."

"다쳤다면 어쩔 건데?"

이록은 겨우 일어나 자기 엉덩이를 툴툴 털었다. 동굴 벽을 손으로 짚더니, 도움 없이 힘겹게 앞으로 나아가려 했다. 그런 이록을 돕지 않았다. 내가 업지 않으면 집으로 돌아갈 수조차 없으면서!

그럼에도 이록은 뒤돌아보지 않았다.

"오늘부로 누나는 내 다리 자격 박탈이야."

8

무언가 보였다. 웃음소리가 들렸다. 현실에는 없는 것이다. 그렇다면 지금 나는 집으로 돌아와 꿈을 꾸고 있는 중이다. 눈을 감아야만 보이는 온갖 즐거운 것들은 대부분 허상이니까.

부모님이 주먹밥을 만들고 있다. 크고 작은 손으로 밥알을 뭉치고, 뜨거운 물에 데친 고구마 잎을 찢어 감쌌다. 밥알 속에는 소금물이나 설탕물에 절인 꽃잎 조각이 있다.

"이걸 넣어서 먹으면 짜고 달아서 심심하지 않아."

엄마는 늘 그렇게 말했다. 어떤 날의 꽃잎절임은 유독 짜고, 또 어떤 날은 유독 달았다. 엄마는 간을 잘 맞추지 못했다. 혹은 잘 맞추지 않았다.

심심하지 않은 것. 언제나 여름만 지속되고 사람마저 빈번히 죽는 행성에서 엄마는 내가 심심하지 않게 살길 바랐다. 심심할 틈이 없는데, 자꾸만 심심하지 않길 바란다며 이유 모를 격려를 보탰다. 어쩌면 엄마가 심심이라는 말을 다른 말 대신 사용하는 걸지도 몰랐다.

"언젠가는 네가 족장이 될 거란다."

"별로 안 하고 싶은데요."

"알지. 누구도 하고 싶지 않은 일이라는 걸."

"안 하면 안 돼요?"

"누군가는 희생해야 해."

"저는 희생하고 싶지 않아요."

"그것도 잘 안단다."

엄마는 내 손바닥 위에 크고 동그란 주먹밥을 올렸다.

"희생이란 용감한 사람들의 특권이야. 우리는 지키는 사람들이란다."

나는 그 주먹밥을 내려다보며 단어의 의미를 곱씹었다. 희생 그리고 특권. 그런 말들은 어려웠다. 타인을 위해 나의 즐거움이나 자유를 포기해야 한다는 말은 듣기만 해도 속이 갑갑하여 싫었다. 하지만 용감한 사람이라는 말은 좋았다. 그 말은 나를 이 세상에 둘도 없는 주인공으로 만들어 줬고, 꼭 필요한 존재라는 가치를 부여했다. 나는 누군가에게 용감한 사람이고 싶었다. 이왕이면 나를 필요로 하는 사람에게.

한 끼를 해결하면 해안에서 향유고래 떼가 만드는 파도를 구경했다. 그 움직임은 하루를 마무리하라는 신호였다. 오늘이 잘 저물고 있으니 내일을 기다려도 좋다는 말을 고래에게 들으며 나는 자그마한 안도감을 느끼곤 했다.

무사하기를. 내일도 함께 살아서 얼굴을 마주하기를.

"언젠가 족장이 되더라도 사는 기쁨을 잊어선 안 돼."

"사는 기쁨이 뭔데요?"

"아주 평범한 것이란다. 작은 것들 틈에 숨어 있는 행복을 찾고, 그 행복을 손에 쥐려 애를 쓰고, 남에게도 나눠 주고, 함께 지키려 하며, 지극히 소박한 하루가 반복되도록 내버려두는 일."

"예를 들자면요?"

"주먹밥에 넣은 꽃잎절임이 유독 짜다거나, 혹은 달다거나, 어제와는 다름을 함께 느끼며 사는 일이지. 픽픽 실없이 웃을 수 있다면 더욱 좋고. 그러면 사는 게 안 심심하거든."

"시시한데요?"

"원래 세상 모든 것은 서로를 보완한단다. 그러니 거창한 행복이 필요로 하는 것은 시시한 일상이야."

엄마는 내 옷자락에 묻은 흙을 탈탈 털어 주었다. 고단해도 괴로워 보이지는 않는 사람. 더운 바람을 타고 나뒹굴던 풀이 자리를 잡아 꽃을 피우는 듯 무던한 어른. 나는 시간이 지나면 나 또한 가지게 될 거라 믿었던 그녀의 다정함을 좋아했다.

우리 미미족은 해독가를 제외하고는 활자를 읽고 쓸 줄 몰랐기에 오직 입에서 입으로 내려오는 전설로써 과거를 보존했다. 엄마는 내게 아주 많은 과거 이야기를 해 주었다. 그중에 어떤 이야기는 동화처럼 허무맹랑하여 즉흥적으로 지어 낸다는 의심이 들기도 했다. 예컨대 이런 전설 말이다.

네오인의 유전 씨앗을 남긴 연구자의 이름은 '마시온'이라 고 전해진다. 그는 이 행성으로 이주하기 전, 어떻게든 지구에 서 고대 인류를 존속시키기 위해 가짜 인간을 만들었다. 온몸 이 메탈 백마처럼 단단한 물질로 된 가짜 인간을. 연구자는 가 짜 인간에게 진짜 인간이 갖지 못한 육체적 축복을 선사했고, 진짜 인간을 돕도록 설계했다. 반면 진짜 인간들에게는 가짜 인간과 어울려 살며 서로를 보완하자고 제안했다. 그러나 결 과는 참담했다. 진짜 인간이 가짜 인간을 착취한 탓에 그들은 상호 보완적 존재가 되지 못했고 지구의 위기를 극복하지도 못했다.

"아마 우리의 선조 마시온은 그때의 아픈 경험을 토대로 네 오인을 두 종족으로 만든 것이 아닐까? 분열됐던 존재들이 미 래에라도 화합하길 기대하면서."

"그럼 우리가 진짜 인간의 계보를 이은 거 맞죠?"

"지금의 네오인은 모두가 다 진짜 인간이란다."

"몰라도 그만, 알아도 그만인 전설이네요."

"고대 선조들이 남긴 예언을 푸는 데는 도움이 될지도 몰 라. 역사는 반복된다고 하잖니?"

행성의 모든 생명체는 빛균으로부터 시작됐으며 네오인 은 고대 선조의 뜻 모를 마음으로부터 창시되었다. 우주의 모든 것을 관통하는 공통점이 있다면 오직 작은 것만이 큰 것이 될 수 있다는 것. 그렇다면 남겨진 예언도, 사소하고 흔한 것을 바라보는 마음으로 해독해야 할지도 모른다. 성실히 자라는 동안에는 어린 시절에 들었던 전설 따위는 신경 쓰지 않았다. 내가 이록의 다리가 되자 미미족은 슬슬 이록을 어려워했고, 동시에 불편해했다. 두두족을 위해 봉사하는 아이는 아무리 착해도 위험하다는 편견 때문이었다. 백금 또한 그랬다. 많은 말을 하지 않는 백금은, 다른 어떤 사람보다도 특히 이록에게 적게 말했다. 이록을 싫어한다는 방증이었다.

"주홍, 걔는 일록에게 맡겨."

"내가 족장이니까 책임져야 돼. 다른 사람한테 이 일을 부탁하는 건 좀 그래."

"왜 혼자 다 하려고 해?"

위로하거나 수고를 덜어 주려는 목소리는 아니었다. 백금은 조금 화가 나 있었다.

"족장이 될 사람은 나서서 희생해야 한댔거든."

"어떤 개자식이 그래?"

"우리 엄마가."

"참……."

백금이 미미족의 긍지를 소중히 여기는 건 모르지 않았다. 나는 예나 지금이나 부족한 말로 감춰 놓은 백금의 감정을 해독하는 일에 서툴렀다. 그저 손등으로 백금의 팔뚝을 가볍게

스쳤다. 족장으로서 부족을 아끼고, 보호한다는 의미였다.

백금은 조용히 부탁했다.

"그 희생에 빈틈 좀 만들어."

황금색 눈 안에, 우리 땅에는 존재하지 않는 어슴푸레함이 깃들었다. 노랗고 빛나는 건 늘 찬란하다 여겼는데 그때 백금 안에 보인 것은 어쩐지 안타까워 보였다.

"너 오늘 말 많이 한다? 들어가서 쉬어. 피곤할 텐데."

백금이 열 글자 이상을 말하지 않는 건, 같은 색을 타고난 가문의 전통이었다. 대대로 가장 강인한 미미족을 배출한 그들은 타인을 위해 봉사하고 헌신할 뿐 결코 가벼운 말로써 무언가를 증명하려 하지 않았다. 그들은 과묵을 어기는 일을 수치로 삼았다. 그러니 백금의 입을 서둘러 쉬게 해 주는 것은 족장인 나의 배려였다.

나의 부모님과 이록, 이록의 어머니는 서로 안부를 묻기 위해 자주 같이 식사했다. 그 당시에는 일록도 함께였다. 작은 공간에 둥글게 모여 앉아 주먹밥을 하나씩 나눴다.

"이록아, 오늘 주먹밥은 하나는 짜고 하나는 달 거야."

"늘 그랬잖아."

"오늘은 각자의 것이 무슨 맛인지 맞혀 보자."

"음, 내 건 짠맛."

"아냐, 내 것이 짠맛이야."

주먹밥을 바꾸었다가, 되돌려받았다가, 고민하다가, 바보 같은 장난을 반복했다. 틀린 사람은 입수하기. 단, 이록이 지면 내가 업어다가 빠뜨리기. 킥킥거리며 밥으로 놀이를 하는 동안 일록도 말없이 제 몫을 먹었다. 이록의 어머니는 그런 우리를 지켜보며 흐뭇해하셨다. 일록과 이록을 방치하고 떠나간 두두족의 우두머리가 없어도 행복해 보였다. 아니다, 없어서 행복해 보였다.

이록이 웃었다. 내가 없으면 아무것도 하지 못하는 아이의 웃음은 나를 자유롭게 만들었다. 그 아이를 업고 살면 바다에 몇 번이고 빠져도 나는 쓸모없는 사람이 아니었다. 너를 업고 사는 일은 내게 매일의 할 일이었다.

나는 너에게 쓰임이 있는 사람. 너는 나의 쓰임을 만들어 주는 사람.

웃지 않은 사람은 일록뿐이었으나 그도 불행해 보이지는 않았다. 두 형제의 똑 닮은 흑발이 바람에 나부꼈다. 엄마와 아빠의 머리칼도 화답하듯 춤을 췄다.

그때는 분명 그랬다. 우리 중 누구도 심심해하지 않았다.

덥다. 너무나 더웠다. 이마에서 땀이 흘렀다. 굽은 활처럼 위로 휜 입꼬리를 타고 땀이 쏙 들어갔다. 짠맛이 났다. 심심하지 않은 맛이네. 억지로라도 현실을 느껴 보려 노력했다.

그래, 이것은 다 지난 일이고, 눈을 뜨니 결국 꿈이 맞더라.

9

부산스러운 소리에 일어나니 집 밖에 누군가 도착했다. 이록이 절뚝거리며 그들을 맞이했다. 타인의 긴 휴식을 방해한 자는 미미족 주민이 아니었다.

키가 몹시 크고 팔다리가 마른 낯선 자들이었다. 티끌만 한 피부도 랑데부의 빛에 노출되지 않기 위해 머리부터 발끝까지 검은 실크 천을 뒤집어썼다. 오직 눈만 보였는데 그 눈매가 칼로 절단한 잎사귀의 단면처럼 날카로웠다.

나는 한기를 느끼자마자 땅에 고개를 처박았다.

"이록, 네가 글러브로 보낸 신호를 받고 일록을 대신하여 왔다."

눈앞에 선 존재들은 이록의 아버지와 호위 기사들이었다. 그들 중 일부가 나를 힐끔거리고는 코를 틀어막았다.

"열등의 냄새!"

얼굴이 달아올랐다. 하지만 저항해선 안 됐다. 그랬다가는 기분파 지식인들이 어떤 재앙을 내릴지 몰랐다.

"왜 형이 아니고 아버지가 직접 왔나요?"

"요즘 들어 네 형의 동태가 수상하니까."

기사들이 메탈 백마가 이고 있던 물체를 이록에게로 던졌다. 부츠 모양으로 생긴 하얀 기계였다.

"네가 부탁한 기계 발이다. 특별히 하사하는 것이니 궁극의 원천을 찾는 일을 게을리하지 말도록."

내가 잠든 사이에 이록이 기어코 부탁했구나. 나 없이 혼자 걸을 기계 발을 만들어 달라고. 내가 싫어져 두두족에게 직접 기기까지 하사받는 모습이 실망스러웠다. 백금이 일록과 이록은 똑같은 배신자의 삶을 살 거라고 치를 떨었을 때 이록의 편을 들었던 만용을 조금은 후회했다.

"미미족 족장."

"네."

"이록이 기계 발에 적응하도록 성의를 다해 도와라."

이마를 흙바닥에 댔다. 네네, 알겠습니다. 속으로는 이를 바득바득 갈면서도 낭창하게 대답했다. 스스로가 구차하여 잠시 숨을 참았다. 아주 짧게나마 죽어 있고 싶었다. 이것은 엄마가 물려준 족장의 책임이었다. 이딴 게 희생이라면 역시 나는 희생 같은 건 정말 하고 싶지 않았다.

"이록, 수고하거라."

이록의 아버지는 이록을 해독가라 부르지 않았다. 일록에게도 다른 명칭을 붙이진 않았다. 두 형제를 정확히 이름으로 불렀다. 어쩌면 당연했다. 이용하는 자식이라도 자식은 자식이고, 핏줄에는 피가 흐르지 결코 물이 흐르지 않았다. 반면 그는 내 이름을 알면서도 부르지 않았다.

"그럼 족장. 이록을 잘 지키도록."

이름을 부르지 않고 족장이라는 단어를 사용하는 건 상대의 지위를 인정해서가 아니었다. 오히려 그 반대였다.

나는 언제나 '족장'이었다. 두두족과 연락하는 사람을 의미했으며 두두족에게 식량을 배급받는 사람을 의미했고, 머리를 조아리는 사람을 의미했다. 또한 두두족에게 냄새나는 열등 종자라 멸시받는 이들의 대표기도 했다. 결국 족장은 누가 되든 상관이 없었다. 미미족이라면 모두가 그 모욕에 해당됐으니.

사람을 이름으로 부르지 않겠다는 것은 삶과 삶으로서 대화하지 않겠다는 뜻이다. 오직 '역할'로서만 존재하는 족장들은, 자리로 불릴 때마다 삶이 가지는 사사로운 기쁨을 부정당했다.

겨우 설탕에 절인 꽃 따위만 죽어 가는 우리를 가끔 살려 냈다. 나는 집으로 돌아가 허겁지겁 입안에 절망을 넣었다.

*

    이록이 기계 발을 착용하고 첫 시찰을 떠나는 날이었다. 백금이 우리 집에 들렀다. 이록에게 궁극의 원천을 찾을 시 일부는 남겨 두라고 직접 명령하기 위함이었다.

    백금이 이록을 탐탁지 않아 한 것은 역사였다. 하루이틀이 아니라 역사. 그때마다 이록은 풀이 죽곤 했는데, 기계 발을 착용한 오늘의 이록은 백금의 말을 거절했다. 두 고개를 뻣뻣이 쳐들고서.

    "싫어요. 궁극의 원천은 약속대로 두두족에게 모두 줄 거예요."

    "네 형처럼 굴지 마."

    "저는 그저 의무를 행할 뿐이에요."

    "우린 멸족당할 수도 있어."

    "백금 형이야말로 일록 형처럼 굴지 마요."

    "무슨 헛소리야?"

    "기회주의자처럼 굴지 말라고요. 저를 미워할 때는 언제고 이제 와서 궁극의 원천을 달라고 빌붙으려 해요? 내 어머니도 지키지 못한 주제에."

    "말 다 했어?"

    백금이 이록의 멱살을 확 움켜잡았다. 팔뚝 위로 성난 핏줄이 도드라지더니 이록의 몸이 바닥으로부터 붕 떴다. 온갖 재앙을 이기고 단련된 백금이면 이록 같은 작은 아이 정도는 얼마든지 죽일 수도 있었다.

소란만큼은 막고 싶어 백금을 저지하면서도, 이록을 나무랐다.

"네가 방금 무슨 말을 했는지 알아?"

"아니까 빨리 이 덩치 형을 떼어 놓고 콜로나 시찰이나 갔으면 해."

적대적으로 구는 이록을 흠씬 두드려 패 주고 싶은데 그러지 못했다. 백금 또한 분노에 파르르 떨며 손을 놓았다. 우리는 아직 이록을 어찌하지 못했다. 이 녀석이 해독가여서가 아니었다. 동료를 내치지 못하는 게 우리의 한계여서 그랬다.

"갈 때 가더라도 한 대는 맞아."

하지만 뺨은 후려칠 수 있지. 큰 마음을 먹고 이록의 뺨을 한 대 쳤다. 고개가 옆으로 휙 꺾인 이록이 뺨을 감쌀 때 눈물이 핑 도는 것이 보였다. 말은 독하게 하더라도 아픔에서 무뎌지지는 못했다.

이록은 나의 뺨을 똑같이 때리지 않았다. 화풀이로 욕지거리를 뱉지도 못했다. 평소처럼 무능히 아파하기만 했다. 우리가 이록을 더 어찌지 못하는 것처럼 그 역시도 나를 어찌지 못했다.

참 이상했다. 분명 우리의 관계는 변해 버렸는데, 따지고 보면 아무것도 변한 게 없는 것만 같았다.

*

이록은 기계 발에 금방 적응하여 콜로나를 샅샅이 뒤졌다. 알 수 없는 발음과 서걱이는 필기음이 동굴 안에서 메아리가 되었다.

> Sehr gefährlich.
> **อันตรายมาก.**
> Sangat berbahaya.

집중을 흩뜨리고 싶지 않았지만, 한편으로는 흩뜨리고 싶었다. 그래서 부탁했다. 백금의 말을 듣고, 미미족을 함께 구하자고. 궁극의 원천을 찾는다면 우리가 가지고, 찾지 못한다면 당장 피난 준비를 하자고 부탁했다. 자존심 상하게도 내 입에서 나온 내 목소리가 애원처럼 들렸다.

피난을 떠나 새로운 세계에서 다시 살아갈 미미족의 미래를 설파했다. 마치 그런 미래가 확실히 보장되기라도 한 것처럼. 다분히 추측일 뿐이었고 근거도 없었으나 거듭 호소했다.

"이록아, 우리는 미미족의 내일만을 생각해야 돼."

어쩌면 나는 이록에게 지금 다른 것을 바라는지도 몰랐다.

"궁극의 원천을 찾으면 즉시 신호를 보낼 거야. 빼돌릴 생각은 하지 마."

"아무리 생각해도 네가 갑자기 이러는 이유를 모르겠어."

"갑자기가 아니야. 가족이 죽으면 누구라도 이렇게 돼."

"이록아, 네 어머니만 죽은 게 아니야. 내 가족도 죽었고, 백금의 가족도 죽었고, 연두의 가족도 죽었어. 우린 마음만 먹으면 '가족없어클럽'도 만들 수 있다? 이런 시시껄렁한 농담은 해도 대뜸 두두족의 노예가 되진 않는다고!"

이록이 두꺼운 숨을 뱉었다. 그 한숨은 뭔데. 동의하지 않아? 시끄러워? 너는 내게 그런 식의 표현을 하는 아이가 아니었다. 짓궂게 장난을 치던 순간에도 상대를 한심히 여기며 대화를 종결짓지는 않았다.

너는 네 마음이 어떤지 설명을 해야만 했다. 우리는 아직 같은 언어를 쓰고 있다. 그런데 왜 자꾸 아리송한 선조들보다 더 어려운 사람이 되려고 하는 건지. 답답해진 나는 이록의 어깨를 세게 당겨 억지로 눈을 맞췄다.

"유치하게 가족을 지키지 못했다고 분풀이하는 거야?"

"어머니의 유언을 수행하는 것뿐이야."

"너희 어머니가 언제 그런 유언을 남겼어?"

"어차피 미미족 사람들은 은근히 나를 미워했잖아? 결국 일록 형처럼 배신자가 될 거라고 모욕까지 했으면서."

"맞아! 사람들은 다 너를 싫어했어. 지금도 마을로 돌아가면 너를 향한 산더미 같은 욕을 들을 수 있어."

"잘됐네. 그렇다면 더더욱 미미족을 위해 일할 이유는 없어."

"근데 그런 말을 들어 온 내 마음이 어떨지는 생각해 봤어?"

족장으로 살며 희생이라는 단어를 마음의 정문에다 걸어 두고 지내는 동안 이록은 유일하게 내게 어떤 부탁도 하지 않은 사람이었다. 늘 업히며 사는 일만으로 미안해하며 주먹밥을 양보하곤 했다. 나는 사람들이 이록을 모욕할 때 한 번도 동조한 적이 없었다. 이록은 두두족의 피가 섞여 있어도 상냥하고 이타적이었으며 선량했다. 일록과는 달랐다.

너무나 많은 사람들이 이록을 미워했기에 나만은 더욱 단단히 믿었는데.

"너를 향한 사람들의 모욕이 맞았단 걸 증명받은 기분이 얼마나 개 같은지 넌 생각해 본 적이 있냐고."

온몸에 돋아난 털이 곤두섰다. 무언가 다가오고 있었다. 소름이 멈추질 않았다. 피부로 느껴지는 끔찍한 재앙의 감각. 이것은……

이록은 애써 고개를 돌리고는 차가운 말로 응수했다.

"이제 우리는 가는 길이 달라."

온몸이 자연을 감각했다. 이 징조는 토네이도였다. 그러나 내 안의 재앙이 너무나 커 움직이질 못했다. 숨이 콱 막혔다. 정말이지 내 안의 세계는 지나칠 정도로 더웠다. 등을 돌리는 나의 오랜 재앙이 나를 또 땀 흘리게 만들었다.

3
부

이록의
여름

1

예감이 아니다. 추측도 아니다. 이것은 완벽한 인지다. 내 이름은 이록이고, 방금 주홍 누나를 떠나보냈다.

"이제 우리는 가는 길이 달라."

나는 분명히 그렇게 말했다. 토네이도 에너지를 채집시켜야 하니 주홍 누나를 빨리 보내기 위해서 한 말이 아니었다. 이제 우리는 가는 길이 정말로 달라졌다. 주홍 누나는 미미족에 남을 것이고 나는 아무래도 두두족으로 가는 게 좋겠다.

생각해 보면 나는 원래부터 미미족이 아니었다. 어머니는 미미족이지만 아버지는 두두족이니까 엄밀히 따지자면 두미족이나 미두족 같은 이름으로 불려야 하지 않았나? 서로 다른 종족을 섞어 만든 대가로 내 몸은 약했지만 더는 약하게만 살지 않을 예정이다.

궁극의 원천이 다가오고 있으니까.

내가 고대어를 해독하며 궁극의 원천으로 다가가는 게 아니라, 그것이 나를 부르고 있었다. 원천을 숨긴 선조들의 뜻이 나를 부르짖었다. 어서 다가와 찾아 주길. 알맞은 방법으로 세상에 해방되길. 어떤 마음은 언어로 표현되지 않을 때 더욱 강력해진다. 가슴과 뇌리를 스치는 오감으로 존재할 때 더할 나위 없이 선명해진다.

"이번 콜로나도 허탕이야?"

나를 시시각각 감시하고 있던 일록 형이 모습을 드러냈다. 주홍 누나가 토네이도를 채집하러 갔단 걸 확인하곤 시비를 걸러 온 것이다.

"언제쯤 진짜 궁극의 원천을 찾을 생각이냐? 기계 밥까지 줬는데 똑바로 좀 하라고 멍청아."

형은 나와 같은 아버지를 뒀지만, 나만큼 해독에 능하지 못했다. 달리 말하면 나에게 형보다 잘난 부분이 존재한다는 셈이다. 하지만 나는 한 번도 형보다 잘난 존재가 되고 싶다거나, 나의 능력으로 형을 압도하는 일을 소망한 적이 없었다.

고대 선조들은 콜로나의 벽면에 다양한 언어로 정보를 남겼다. 주로 다음 콜로나의 위치와 궁극의 원천에 대한 힌트였다. 한 번에 모든 정보를 다 알려 주면 좋겠지만 선조들은 조금도 서두르지 않았다. 마치 수백 개에 달하는 모든 콜로나를 다 보고 오기 전까지는 궁극의 원천을 털끝도 허가하지 않겠다는 경고 같았다.

그들의 지난하고 멸렬한 뜻에 따라 콜로나를 집요히 추적해 왔다. 자연스럽게 더 많은 정보를 얻었고, 더 자세히 알게됐다. 궁극의 원천은 높은 확률로 액체 상태의 물질이다. 바다처럼 푸르게 빛나는 아름다운 통 안에 보관되어 있다지. 그 물질은 영롱하고 신비로우며, 신이 하사한 성물에 비견된다는 설명을 읽었다. 흡사 다이아몬드처럼. 티끌만큼의 불순물만 첨가해도 진노하는 빛을 내뿜는다며.

힌트들 아래에는 늘 수상쩍은 형태의 음습한 그림이 그려져 있었다.

이제는 확신할 수 있다.

> 다음 콜로나는 황야의 콜로나.
> 여기서 북동쪽으로 2km. 회색 암석과 검은 폭포 아래에 숨은 굴.
> 그곳이 마지막이다.

궁극의 원천을 손안에 넣는 일이 임박했다.

"형, 드디어 마지막 위치를 알아냈어."

"진짜야? 당장 앞장을 서."

"우리 둘의 힘만으로는 다 옮기지 못할 거야. 궁극의 원천을 찾으면 기사들을 불러서 신고 가게 해야 돼."

우리는 마지막 콜로나를 향해 나아갔다. 기계 발을 착용하고 있으니 주홍 누나가 없더라도 움직임이 편했다. 아프지도,

불편하지도 않았다. 따지고 보면 나는 언제나 이렇게 걷기를 희망했다.

"머리를 조아릴 생각이 들었나 보지? 갑자기 왜 이렇게 순순해졌지?"

"어머니가 돌아가셨으니까."

"엄마가 죽어서야 각성하는 영웅인 거야?"

"멋대로 떠들어."

우리를 낳고 보호한 것이 미미족이라면, 우리를 경쟁시키고 다투게 하며 착취한 것은 두두족이었다. 형의 어머니는 오래전에 돌아가셨고, 나의 어머니도 형이 일으킨 지진으로 죽었다. 우리는 모두 우리를 품어 주던 존재를 소실했다.

그렇다면 형이 갑자기 두두족 밑으로 들어가 나쁜 녀석이 된 이유도 나와 같을까. 만약 추측이 맞다면, 나는 형을 쉽게 미워하진 못하겠다.

"형."

"자꾸 형이라고 부르지 마. 낯간지럽고 짜증 나."

"형."

"아이씨! 입 다물고 콜로나나 찾아 걸으라고."

"형이 두두족으로 간 이유도 꿈을 이루기 위해서야?"

"뭔 헛소리냐?"

오래전에 어머니는, 사람이라면 누구나 꿈을 갖고 산다는 말을 했다. 사소하든 원대하든 뭔가를 이루기 위해 우리는 살아간다며. 하지만 나는 꿈이 없었다. 미미족은 두두족과 달리 부족을 존속시키기 위해 토착민처럼 살 뿐이었다. 엄마는 꿈이라는 단어를 부정하려는 내게 다시 설명했다.

꿈을 소망으로 바꿔 보렴. 사람에겐 누구나 소망이 있단다.

어쩌면 그 말이 나를 유능한 해독가로 만든 건지도 모르겠다. 소망에는 여러 가지가 있으니까. 세상에서 가장 큰 주먹밥 먹기. 무릎에 난 상처를 빨리 극복하는 사람 되기. 랑데부의 땡볕을 오래 견디기. 뭐든 소망이 될 수 있었다.

여름은 오래도록 늙어 갔다. 열기는 꾸역꾸역 죽지 않고 살아남아 세상의 목격자가 되었다. 나는 주홍 누나의 등에 업혀 수없이 많은 길을 걸었고, 콜로나를 시찰했다. 뭔가가 되고 싶다거나, 하고 싶다거나 그런 것들은 이제 다 시시해져 버렸다고 믿었다. 소망도 여름처럼 늙어 간다 생각했지만 오늘에 와서야 알게 됐다.

나는 꿈을 보듬은 적이 없어 죽인 적도 없다는 걸.

"네가 감히 나한테 꿈 타령을 해? 너 지금 졸고 있냐?"

"나도 두두족 사람이 될 텐데 서로서로 알아 가면 좋잖아."

"미친놈. 너한테 사적인 이야기를 해 줄 생각 없어."

"아무튼 형도 있다는 거지? 꿈 말이야."

"이게 보자 보자 하니까 진짜."

"대답해 줘."

"주제넘게 기어오르네?"

형은 더는 못 참아 주겠다는 듯이 걷는 와중에 주먹을 쥐고 돌아봤다. 금방이라도 내 광대뼈를 함몰시킬 기세였다. 한 번만 더 친한 척 말을 걸었다가는 본때를 보여 주겠다며 위협했다. 우리의 기다란 흑색 머리칼이 출렁이며 서로를 스쳤다. 나는 형을 올려다보았다. 다리가 저려 왔다.

어느새 황야의 콜로나가 코앞이었다. 좁게 열린 동굴 문 너머로 수상한 빛이 새어 나왔다. 거대 반딧불이의 꽁지는 아니었다. 분명 궁극의 원천이 잠들어 있는 곳일 것이다.

"중요해서 그래."

형의 주먹을 두려워하지 않고 재차 물었다. 형은 몹시 차갑게 답했다.

"너한테 있는 건 나한테도 있어."

그 대답이면 충분했다.

궁극의 원천을 찾고 나면, 형의 꿈을 이뤄 줄지 아닐지는 오로지 나의 선택이 된다. 아버지는 앞으로 형이 아닌 나의 말을 들어줄 테니까. 궁극의 원천을 찾은 존재는 나고, 활용법을 아는 존재도 나뿐이다. 나만 아는 비밀은 곧 나의 힘이 된다. 비밀을 가진 사람은 절대적으로 강자가 된다.

"경고하는데 형은 궁극의 원천을 가질 자격 없어."

"뭐? 이게 보자 보자 하니까!"

결정했다. 형에게 궁극의 원천을 절대 양보하지 않기로.

"지금 글러브로 아버지에게 전하겠어. 내가 궁극의 원천을 두두족에 지급하는 조건으로 형의 지분은 일절 없게 해 달라고."

"개자식이!"

형이 홧김에 글러브를 낀 나의 손을 꺾으려 했지만 나는 서둘러 기계 발의 힘으로 다리를 들어 올렸다. 배를 걷어차인 형은 침방울을 튀기며 뒤로 뻗었다. 글러브를 통해 아버지에게서 돌아온 대답은 간결했다. "이록의 말에 복종해라, 일록." 형은 몹시 분해하며 주먹으로 땅을 쳐 댔다. 처음으로 한 방을 얻어맞은 일이 창자가 뒤틀릴 정도로 아니꼬울 것이다.

"너 못 본 사이에 독해졌다?"

"나도 이제 두두족이니까."

훤히 열리는 동굴 문 너머 영롱한 푸른색 통들이 예상대로 보였다. 신비로운 수십 개의 비밀들이 일렬종대로 줄을 서 역사의 장막을 벗겨 낸 신인류를 맞이했다. 오래 잠들어 영혼조차 잃어버린 돌의 냄새만 느껴졌다.

다가갈수록 환청 같은 소리가 들려왔다. 희한하게도 기쁨과 환희에 찬 소리는 아니었다. 누군가가 남긴 알 수 없는 고통과 공포가 시간을 초월하여 내게 닿으려 했다. 식은땀이 흘렀다. 아름다운 것들에는 가시가 있지. 그렇다면 미지의 힘도 어떤 식으로든 나를 해칠 것이다.

독사과에 이끌리는 어리석은 아이처럼 손을 뻗었다. 돌벽을 훑으며 선조가 내게 남긴 마지막 기록을 탐닉했다. 잘 영근

과일에서 새어 나오는 즙처럼 풍만한 역사가 내 삶에 스며들었다.

"이 그림이 표지인가?"

모든 통에는 도형 표지가 있었다. 중심에 동그란 원이 있고, 세 개의 부채꼴 도형이 원을 둘러쌌다. 중심의 동그란 원은 무한한 힘과 권능을 상징하고, 세 개의 부채꼴은 그 권능에서 뻗어져 나가는 영향력을 보여 주는 것일 테지. 확실했다. 이것은 궁극의 원천이 맞았다.

잠시 뒤 메탈 백마를 탄 기수들이 도착했다. 그들에게 지시하여 통을 하나씩 옮기게끔 했다. 일록 형은 손도 쓰지 못한 채 궁극의 원천이 옮겨지는 것을 보기만 했다.

"이제 나를 태우고 성으로 복귀해."

"내가 너를 왜 태우냐? 기계 발도 있겠다 알아서 와."

"가는 도중에 형이 궁극의 원천을 탐하지 못하게 감시해야 하니까."

"짜증 나네."

메탈 백마들이 모든 통을 싣고 출발했다. 일록 형은 아버지의 뜻 때문에 하는 수 없이 나를 태웠다. 나는 형의 허리춤을 잡고 등에 얼굴을 기댔다. 형은 역겨워하면서도, 다른 방도가 없으니 백마에게 귀환을 지시했다.

"주홍이 오늘 토네이도에 휩쓸려 죽었으면 해."

나는 형의 저주에 반응하지 않았다.

"뼈도 못 추리고 죽었으면 해. 네가 슬프도록."

메탈 백마가 황야를 가로지르며 달려갔다. 나는 지평선 언저리를 응시했다.

멀리 있는 것들은 원래 작게 보인다. 멀리 떨어져 있는 꽃, 멀리서 달리는 동물, 먼발치에 뜬 구름. 실제론 크지만 거리를 두면 귀여워진다. 그러나 주홍 누나를 삼키고 있을, 하늘과 땅을 잇는 무시무시한 바람기둥만큼은 작아 보이지 않았다.

바람은 차이의 증명이다. 찬 공기는 기압이 높고 따뜻한 공기는 기압이 낮으니, 그 차이에 따라 공기가 움직이는 현상이 곧 바람. 차이가 극대화될수록 바람은 거세진다. 토네이도는 외부 기압보다 내부 기압이 더 낮다. 기압의 차이로 발생한 바람이 모든 것을 뒤섞어 놓는다. 기둥의 지름은 회전력과 반비례하니, 더 좁은 것이 더 강하며 중심과 가까워질수록 힘을 얻는다. 지금 내 마음에 불어닥치는 조용한 바람도, 내 삶의 중심으로 들어갈수록 더욱 격동할 테지.

정작 폭풍의 눈은 고요하다. 나는 나를 구성하는 가장 중요한 마음을 누구도 열지 못하는 폭풍 속 비밀 함에다 넣고 밀봉했다. 아주 외로울 때마다 혼자 조용히 열어 보며 살 것이다. 느끼고 생각하는 모든 것들을 털어놓기에 이 세상은 너무 척박하다. 내게는 이제부터 외로이 이마를 맞대고, 가엾게 얼싸안을 비밀만이 삶의 전부가 됐다. 주홍 누나를 버리고 그 고요를 선택한 나는 앞으로 그렇게 지내야만 했다.

모래바람에 따가운 눈을 겨우 뜨며 주시했다. 나의 오랜 다리는 저 바람을 타고 상승하며 할큄 속에서 회전 에너지를 채집하고 있을 것이다. 원심력으로 인해 뇌가 귓구멍 밖으로 튕겨 나갈 것 같겠지. 백금 형이 곁에 있다면 손을 꼭 잡아 줄 것이다. 정신이 나가는 어지러운 와중에도 서로를 꼭 붙드는 이유는 자신을 구하기 위함이 아니다. 상대를 구하기 위함이다. 바람 속에서 두 사람이 서로를 구하는 모습을 상상했다. 내 안에 불꽃 같은 마음이 타오르다가, 이내 체념해 버렸다. 놓아주자.

"이록, 넌 약하게 태어난 걸 감사해야 해. 저런 폭풍 속에 갈 일 없이 평생 안락한 곳에서 머리만 쓰면서 살았으니까."

"앞이나 보고 달려 형."

"나도 너한테 어떻게든 상처를 줘야만 속이 좀 시원하겠어."

"형은 나한테 상처를 줄 수 없어."

"착한 척하지 마!"

형의 언어는 먹이를 찾지 못해 메말라 죽은 짐승처럼 앙상했으나, 그 속의 뼈는 가시처럼 뾰족했다. 타인에게 생채기를 내기 위해 안달복달하는 형의 허리춤을 더 세게 잡고, 끌어안듯이 고개를 파묻었다.

두 채집자가 나선형으로 회전하며 상승하는 기류를 탔다. 저들은 끝까지 살아남아 한바탕 소란처럼 뻔뻔히 사라지려는 것들을 에너지로 바꾸고, 두두족은 그것을 착취한다. 차이. 세상에는 내가 차마 이해할 수 없는 차이들이 몹시 많았다.

"난 착한 사람이 아니야. 그냥 그런 사람을 좋아했던 사람이지."

그러니 내 소망은 간단했다. 나는 이제 결정적이고 싶다. 어떤 차이도 적용되지 않는, 누구도 해내지 못하는 성취를 해내는, 결코 대체되지 않는, 평생 기억될, 나를 미워한 사람들에게도 각인될, 아주 결정적이고 절대적인 존재가 되고 싶다. 최소한 한 번쯤은.

예감이 아니다. 추측도 아니다. 나는 이제 그렇게 될 것이다. 아무리 생각해도 이것은 완벽한 인지다.

2

하얀성의 정문 앞은 냉랭했다. 굵직한 바람이 창을 든 문지기처럼 피부를 할퀴었다. 배신의 세계에 입장할 만한 자격을 갖춘 우리는 여름을 등지고 정문을 통과했다.

나는 기사들에게 궁극의 원천을 중앙 기관 1층에 일렬로 진열할 것을 명령했다. 그리고 일록 형의 손목을 잡고 기관의 엘리베이터로 향했다.

형은 험상궂은 얼굴을 했지만, 연약한 풀처럼 내게 이끌렸다. 엘리베이터 앞에 와서야 잡은 손을 뿌리쳤다.

"형, 아버지가 있는 곳으로 날 데려다줘."

"네가 버튼을 누르면 되잖아."

"직선으로 된 기계 만지기 싫어."

"나 몰래 내 방을 염탐했을 때 이미 타 본 거 아니야?"

"역시 그때의 일은 형의 계략이었구나. 맞지?"

형은 신경질적으로 머리를 쓸어 넘길 뿐 대답하지 않았다. 방에서 수상한 쪽지를 봤던 순간부터 지금까지, 형이 내가 모르는 뭔가를 알고 있고 그것을 자세히 알려 주지 않으려 한다는 것도 눈치챘지만, 우리 사이에 충분한 대화는 오가지 않았다.

성에서 가장 높은 곳이자 두두족 족장만을 위한 공간으로 향했다. 하늘에 닿을 기세로 치솟은 삼각뿔 꼭대기에 유리로 된 상석이 있다. 랑데부와 가장 가까운 곳이므로 가장 더워야 하는데 역설적으로 가장 시원했다. 족장을 제외한 모든 두두족이 고개를 조아리고 숨마저 보드랍게 내뿜었다.

아버지는 훔친 빛으로 찬란함을 낭비하는 유리 의자를 지키고 있었다.

"이록! 금의환향했구나."

형과 내가 무릎을 굽혀 바닥에 이마를 조아렸다. 아버지는 그제야 자리에서 일어나 거추장스러운 검은 실크 옷을 질질 끌며 걸어왔다. 호위 기사들 또한 유사한 옷으로 온몸을 감췄다.

"너를 의심했던 과거를 용서하거라. 나는 사실 늘 믿고 있었단다. 너의 빛나는 지성과 영특한 두두족의 피가 결국 궁극의 원천이라는 성물을 찾아냈지. 나는 너에게 두두족으로서 영원히 살 권세를 허가하겠다."

아버지가 노란색의 새 글러브를 내밀었다. 황금이라는 광물은 미미족을 착취하여 얻는 자원인데, 유구한 여름이 반복

될 동안 몽땅 채굴하여 더 이상 볼 수 없어졌다. 황금을 채굴하던 중에 수없이 많은 미미족이 열사병으로 죽었다.

새로운 글러브에는 001-01이 아닌 두두족의 정식 코드가 각인되어 있었고, 그 숫자는 빛에 난반사되며 가증스레 반짝였다.

"원천을 어떻게 사용해야 하는지도 알아냈을 거라 믿는단다."

"당연히요. 이미 해독을 마쳤습니다."

"얼른 설명하렴. 중앙 기관에 지시를 바로 내릴 테니."

일찍이 콜로나에서 본 고대어들을 베껴 적어 뒀다. 어차피 아버지에게는 종이를 줘도 해독하지 못하니 내가 일일이 설명해야만 했다.

"고대 선조에게 기적을 선사했던 에너지니 온 주민이 함께 모여 축제로 맞이하라고 안내되어 있어요."

"축제! 구체적으로 어떤?"

"그 전에 요구 사항이 있습니다. 아버지에게 묻고 싶은 것도 있고요."

"사적인 이야기보다 궁극의 원천에 대한 설명부터."

"아뇨."

나는 감히 아버지에게 한 걸음 더 다가갔다. 호위 기사들의 매서워진 시선이 검은 옷을 뚫었고, 그들의 날카로운 한기는 나를 저지했다. 일록 형도 고개를 들어 쓸모없는 짓을 하지 말라 묵언으로 경고했다.

모두가 나를 건방지다는 듯 탐탁지 않게 노려봤다. 등허리에서 식은땀이 줄줄 흐르고 사타구니가 축축해졌다. 하지만 나는 더 이상 어린아이가 아니었다. 내 몫을 잘 챙기는 영악한 인간이 되어야만 해. 다른 말로는, 어른이 되어야만 해.

내가 여기에 온 이유를 잊어선 안 돼.

"제 말부터 먼저요."

아버지가 팔짱을 끼고는 건성으로 고개를 까딱였다. 호위 기사들이 한발 물러서 발언을 허가했다.

"무능한 형에게는 원천을 조금도 나눠 주고 싶지 않습니다. 앞으로도 계속요."

"이 자식이 또!"

일록 형이 발끈했고, 곧은 상체가 치솟았다. 아버지가 준엄한 표정으로 손바닥을 보이니 형은 아랫입술을 깨물고 진정했다.

"그래, 네 형에게 이 찬란한 힘을 조금도 나눠 주지 않으마. 됐느냐?"

"좋습니다."

"내게 물을 것은 무엇이지?"

"궁극의 원천 총량이 생각보다 많습니다. 미미족에게 나눠 주실 의향이 있으신가요? 나눠 준다 한들 그들이 지금의 두두족보다 발전할 일은 생기지 않……."

티가 나지 않게 몰래 까치발을 들었다. 기계 발을 착용한 상태라 떨림 없이 부드럽게 나의 시선은 높아졌다. 아버지의 눈을, 저 남자의 뺨을, 저 어른의 입을 좀 더 세밀히 봐야만 했다. 어차피 나는 이 힘을 미미족에게 줄 생각이 없지만, 아버지에게 작은 배려심이라도 남았는지 확인할 필요는 있었다.

"없다."

아버지는 예상대로 강단을 잃지 않았다. 자비 없음에 대한 확언이었다. 어떤 군더더기도 없는 거절이 그의 야심을 드러냈다. 이것으로 확실했다. 아버지는 진실로 미미족을 멸족시킬 계획이며, 조금도 연민하지 않았다. 가까운 시일 내에 대재앙을 내릴 것이다.

겸허히 그의 견해를 수락하고 고개를 끄덕였다.

"제가 확인할 사항은 이것이 전부입니다."

"좋다. 이제 궁극의 원천에 대한 설명을 하도록."

오직 나만이 해독할 수 있는 종이를 펼치며 설명했다. 두두족과 미미족의 미래를 좌우할 중요한 과정이라 목소리가 조금 떨렸다.

"사용법은 매우 다양합니다. 기계를 움직이는 동력원으로 투입할 수 있지만 생명체에게 직접 적용도 가능합니다. 음료처럼 나눠 마시거나 피부에 바르라고 되어 있습니다. 영생을 만들어 준다고 해요."

"역시 보통 자원이 아니군! 지금 당장 중앙 기관에 연락하여 성대한 파티를 개최하겠다. 일록은 돌아가도 좋아."

화기애애해진 분위기에서 소외된 형은 더 참지 못하고 일어나 버렸다. 자존심을 지키고자 내 어깨를 밀치더니 그딴 거 주지 않아도 상관없다며 낮게 경고했다. 아버지가 손을 까딱이자 기사들이 형 쪽으로 몰려가 발길질을 했다. 나는 차마 볼 수가 없어 고개를 돌렸고, 떨리는 손을 감추기 위해 옷매무새를 정돈하는 척 여기저기를 잡아당기며 긴장감을 분산시켰다.

"아버지, 다만 미미족에게 마지막으로 식량을 주는 일을 허가해 주세요. 이 시혜를 끝으로 정을 떼고 싶습니다."

"이록, 네 의사를 존중하마."

"감사합니다."

"1층으로 내려가자꾸나. 우리는 파티를 누려야지."

나는 그를 순순히 뒤따라갔다. 주머니 속에는 꺼내지 않은 종이 한 장이 더 남아 있었다. 끝내 해독하지 못한 예언서였다. 그것을 손으로 움켜쥐고, 누군가와 작별하는 마음으로 구겼다.

*

두두족이 하사하는 마지막 식량이 확정됐다.

중앙 기관의 사무원들로부터 식량 마차와 메탈 백마 한 마리를 지급받았다. 형을 대신하여 마지막으로 미미족에게 식량을 지급하고, 앞으로 더 이상의 지원은 없음을 선포할 계획이었다. 아버지는 두두족의 일원으로서 행동하려는 나의 의지를 흡족히 여겼다.

메탈 백마 위에 올라타 끈을 쥐었다. 생체 정보가 인식됐고, 백마의 전원이 켜졌다.

마차 안에는 한때 내가 좋아했던 주먹밥 재료들이 담겨 있었다. 방부제를 첨가하여 잘 썩지 않는 질척한 쌀과 영양을 간신히 보충하는 고명들. 모두가 먹기에 턱없이 부족했던, 그나마도 항상 귀퉁이가 썩어 있던 과일 조각들. 시큼하고 곰팡내가 났던 술들. 미미족이 사흘 정도는 먹고 버틸 양이었다.

궁극의 원천이 발견됐다는 소식을 들었는지 마을 입구에 주홍 누나가 서 있었다. 오랜만에 본 누나는 조금 야위어 있었다. 우리는 서로의 시선을 조금도 외면하지 않았다.

"네가 왜 두두족 말을 타고 있어?"

"더 말하면 입만 아파."

"너 진짜로……."

"받아. 이게 우리가 지급하는 마지막 식량이야."

"너는 나랑 같은 '우리'야."

"옛날에나 그랬지."

뒤이어 연두 누나와 백금 형이 따라 나왔다. 그들은 식량을 내리는 내 모습을 경악하는 얼굴로 지켜봤다. 불안한 녹색 눈과 분노에 찬 황금 눈. 그들에게서 풍기는 불신과 원망을 느끼면서도 태연한 체했다. 튼튼한 기계 발만 있으면 저들도 두렵지 않았다.

"됐어. 이딴 거 너나 먹어."

주홍 누나는 내 태도를 참지 않았다. 발로 식량 더미를 확 걷어찼다. 여기저기에 음식이 나뒹굴었다.

"후회할 짓 하지 마."

"너 정말 내가 업고 다니던 이록 맞아?"

"왜? 나는 내가 편하게 살길을 찾으면 안 돼? 평생 업혀 다니면서 어린애 취급받는 거 사실 끔찍할 만큼 싫었어."

그런 내 뺨을 후려갈긴 건 연두 누나였다. 이곳 사람들은 매일같이 자연에 폭행당하며 살아도 기껏해야 남의 뺨 하나 때리는 일로 가진 폭력성을 소진했다. 심지어는 때려 놓고도 놀랐는지 후려친 손을 죄 없는 손으로 감싸며 어깨를 떨었다. 주홍 누나는 연두 누나의 돌발 행동을 저지하면서도, 이해한다는 표정으로 위로했다. 두 미미족의 눈가에 피로가 가득했다.

한때 내가 바라봤던 눈은 갓 피어난 능소화 같았는데, 이제 보니 빛에 다 타 버려 끝내 썩어 버린 해바라기의 종말이었다. 진액같이 퀴퀴한 액체가 눈 안에 고여 있으니 가까이 가면 악취가 풍길 게 뻔했다. 이제 내가 주홍색을 아름다웠던 색으로 추억할 일은 없을 것이다.

"어머니를 지키지 못했다는 것만으로 이렇게 변하는 건 과하지 않아?"

"쉽게 말하네."

"이록아, 궁극의 원천을 돌려 달라고 하지 않을게. 나눠 달라고도 안 할 거야. 하지만 이런 식으로 적대적인 모습을 보이지는 마."

정을 확실히 뗄 필요가 있었다. 이번에는 내가 주홍 누나의 뺨을 후려갈겼다. 누나는 뺨을 감싸며 몹시 당황했다. 만약 이것이 우리의 장난이었다면, 누나는 포효하며 똑같이 반격했을 것이다. 하지만 오늘은 뺨을 감싸고만 있을 뿐 아무런 말도 하지 못했다. 눈물 고랑이 움찔거리더니 금방 이슬 같은 물방울을 쏟아 내는 것이 전부였다.

"이제 내 이름 부르지 마. 감히."

의지를 보여 주기 위해 마음을 다잡고 반대쪽 뺨도 한 대 더 후려갈겼다. 백금 형 쪽을 함께 노려봤다. 심장이 터질 것 같았다. 사람을 죽이는 기분이 들었다. 누나의 고개가 획 틀어질 때 잔혹한 세계에서 달아나 버리듯 물방울이 툭툭 도망치는 게 보였다. 마음만 먹으면 내 손모가지를 비틀 수 있는 사람이 입술만 깨물었다. 그 인내가 싫었다.

그런 내게 망설임 없이 반격하는 건 백금 형이었다. 형의 둔중한 주먹이 우박처럼 무차별적으로 쏟아졌다. 빠르고 위험한 형은 내 위에 올라타 이성을 잃은 채로 때렸다. 손으로 막아 봤자 의미가 없었다. 연두 누나가 소리치며 두 팔로 겨우 백금 형을 저지했다. 올려다본 형의 얼굴은, 코피를 흘리는 나보다도 흉측하게 이지러져 있었다.

"일록이랑 똑같은 새끼!"

"날 때리는 건 두두족을 욕보이는 거야. 알아?"

"이 새끼가!"

"사과할 기회를 줄게."

"누가 너한테 사과해?"

"형의 열 글자짜리 허접한 사과라도 받아 줄 테니까 따라와."

"개소리하지 마!"

"옛날 일을 생각해서 특별히 베푸는 아량이야."

반복해서 말했다. 나를 때린 사실을 아버지가 알게 되면 진노하여 미미족에 당장 천벌을 내릴 것이라고.

그제야 백금 형은 저지른 일의 후환이 두려워졌는지 씩씩대던 숨의 강도를 낮추었다. 욕지거리를 뱉으며 허공을 발길질하는 몸짓에 아직 화가 가득했다. 그런 형의 팔을 제압하듯 이끌고 주홍 누나와 연두 누나가 엿듣지 못할 자리로 이동했다. 백금 형은 강압적인 내 태도를 참지 못하겠다는 듯 곧장 팔을 뿌리쳤다.

"난 사과할 마음 없어."

"사과는 핑계고 내가 할 말이 있어. 두 번 설명할 수 없어."

"갑자기 뭐야?"

"형이 날 때려눕혔든 아니든, 두두족은 곧 미미족을 멸족시킬 거야. 어떻게든 주홍 누나랑 여길 떠나서 살 궁리를 해. 지하 벙커를 향해 피난을 가기로 마음먹었다면, 최대한 빨리 도망가. 이제 시간이 없어. 나는 누나의 등으로 살았지만 형은 마음을 먹으면 누군가의 등도, 다리도 될 수 있는 사람이니까 잘 도우리라 믿어. 내가 이 말을 했다는 건 전하지 마."

"그걸 왜 나한테 말해?"

"주홍 누나한테 말하는 건 무리야. 날 기다릴 것 같거든."

차마 풀지 못한 예언서를 형의 가슴팍에 던지듯이 밀어 넣었다. 이 안에 조금 더 나은 미래를 위한 힌트가 있겠지만 나는 끝내 해독하지 못했고, 이제 미미족과 함께 갈 수도 없었다. 백금 형은 예언서를 받아 들고 영문을 모르겠다는 표정을 지었다.

"네가 해."

형이 신경질적으로 예언서를 도로 던졌다. 나는 그 예언서를 들고 다시 형의 손에 쥐여 줬다. 도형의 의미를 해석하는 일은 이제 미미족에게 맡길 수밖에 없었다.

백금 형에 대해 나만 알고 있는 비밀이 하나 있다. 일록 형이 미미족을 떠나기 전, 백금 형은 일록 형에게 주홍 누나 대신 나의 다리로 살아 달라 부탁했었다. 백금 형은 내가 주홍 누나와 함께하길 원하지 않았다. 아주 오래전부터 나를 미워하던 형의 창백한 마음을 나는 이미 눈치채고 있었다.

"형이 해야 돼. 가서 주홍 누나한테는 내가 극악무도한 배신자가 됐다고 말하고, 어떻게든 빨리 떠나."

"잘난 네가 직접 해!"

"나는 지금 형에게 기회를 주는 거야."

미미족이 살려면 어떻게든 도망가야만 했다. 실존하는지 아닌지 확실치 않은, 지금으로서는 고대 선조들이 남긴 두 개의 흔적에 해당한다는 사실과 행성의 뒤통수에 있다는 정보가 전부인 지하 벙커를 향해 나아가야만 했다. 한 부족을 이끌고 달아나는 일은 결코 쉬운 일이 아닐 테지. 주홍 누나는 건강하고 현명하지만, 어른들의 거센 반발 앞에선 좌절할 수밖에 없을 것이다. 누군가는 누나를 끝까지 지지하며 도와야 했다. 뼈에 달라붙은 살점처럼 영원히 한편이 되어 줘야만 했다.

누나는 등을 잃어도 외롭지 말아야 했다.

"형의 쓰임새는 살아남는 거야."

우리에게는 살리고 싶은 사람이 있다. 나는 지금 이 형을 살려야겠다. 이 형이 살아서, 끝까지 살아남아서, 행성의 어딘가에서 멸종이라는 차가운 단어를 영원히 피해 줬으면 한다. 평생토록 피난자의 신분이 되더라도. 두두족의 매서운 재앙을 얄미울 정도로 노련히 피해 다니며. 끈질긴 바퀴벌레처럼. 징그러운 지네처럼. 죽여도 절대 죽지 않는 마음처럼.

내가 지키고 싶은 사람을 지킬 수 있는 이 형을.

3

하얀성으로 복귀한 뒤 숙소로 돌아가지 않았다. 아버지가 임시 거처로 형과 같은 호실을 쓰라고 한 점이 마음에 들지 않았다.

팔뚝 위로 자잘하고 동그란 살들이 돋아났다. 이런 걸 닭살이라고 한다지. 바깥에선 아주 무섭거나 두려운 상황이 아니고서야 보지 못했는데, 성안은 한랭해서 자주 닭살이 돋았다. 손바닥에 입김을 불어 데운 뒤 팔뚝을 싹싹 문질렀다. 바깥은 살이 타들어 갈 만큼 덥고 끈적한데 이곳은 오한이 돌 정도로 춥고 건조했다. 여긴 뭐든 지나쳤다.

성 내부에서는 파티 분위기가 계속 이어지고 있어 노랫소리가 울려 퍼졌다. 처음 보는 광경이었다. 실내에서 나온 사람들이 나뭇가지처럼 뻣뻣하게 팔다리를 흔들었다. 어린 시절 마을에서 사람들과 가끔 췄던 것은 춤이었지만 저들의 몸짓은 어떠한 저항 같았다. 미미족이 멸족하든 안 하든 자신들은 절대 죽지 않겠다는, 자연을 향한 저항. 그들은 서로에게 감히 영원을 약속하고 있었다.

휩쓸리고 싶지 않아 외곽으로 향했다. 인공 암석 위로 폭포가 흐르는 풍경을 감상했다. 저건 물의 흐름이 아니었다. 모터의 힘을 이용한 인위적 하락일 뿐이었다. 이곳의 모든 것은 가짜이기에 안전했다.

"족장님의 아들 아니야?"

"저분이 우리에게 궁극의 원천을 가져다주셨구나!"

"감사를 표하자."

바깥을 구경하던 내 뒤로 한 무리의 두두족이 모였다. 모두가 극도의 안전을 위하여 검은 천을 뒤집어썼다. 두두족은 이토록 겁이 많은 자들이고, 안전할 수만 있다면 폐쇄적인 세상에 스스로를 평생 감금할 수도 있는 존재들이었다. 그런 두두족이 축제를 즐기는 이례적인 모습에 나는 마음이 불안해졌다.

"특별히 조금 남겨 왔어요."

"사람들이 먹고 남은 건 앞으로 무한 동력을 구현하는 에너지원으로 쓰인대요."

"우린 영생을 얻을 거예요."

얼굴이 보이지 않는 자들의 들뜬 목소리가 나를 에워쌌다. 그들은 파티에서 얻은 음료를 내밀었는데, 그 안에 궁극의 원천이 소량 함유되어 있었다. 경배의 뜻으로 그들이 머리에 뒤

집어쓴 검은 천을 살짝 걷었다. 감춰 둔 이마가 그들의 치아처럼 하얗게 보였다.

"저는 이런 거 별로……."

"우리를 위해 가져왔잖아요. 이제 당신은 그 더러운 미미족의 일원도 아니고요."

쾌활한 말씨였다. 갓 걸음마를 뗀 아이도 그들보다 명랑할 순 없었다. 대다수의 두두족은 미미족을 한 번도 만나 본 적이 없으면서 당연하다는 듯이 증오했다. 그 증오는 닳고 닳아 미움마저 상실하여, 즐거움으로 바뀌어 있었다.

두두족은 궁극의 원천이 무엇인지, 어디에 있었는지 전혀 알지 못했다. 나는 그런 그들에게 궁극의 원천을 준 사람이었다. 바꿔 말하자면, 내가 그들의 운명에 어떤 식으로든 개입했다는 뜻이고, 이것이 내 불편함의 원인이었다.

유쾌한 증오를 노래하는 그들의 미래에 나는 책임이 있다. 어쩔 수 없이 음료를 받아 마셨다.

"고마워요. 우리에게 영생을 선물해 주셔서."

"당신의 그 약한 다리도 낫길 바랄게요."

"맞아요! 우리와 동일하게요."

그들은 건강한 팔과 다리를 흔들며 파티에 걸맞은 곡조를 다시 내뿜었다. 부둥켜안고 갖가지 세리머니를 하며 원래 있던 곳으로 돌아갔다.

나는 인공 폭포의 물소리를 들으며 풀 위에 누웠다. 성의 삼각뿔 천장이 보였다. 투명한 벽 너머 랑데부가 하얀 점으로 반짝였다. 눈이 부셔 손바닥으로 가렸지만, 빛은 손가락 사이를 무참하게 통과해 얼굴에 닿았다. 그 빛만큼은 내가 두고 온 세상의 것과 동일했다.

다리를 움직여 보았다. 기계 발이 의지대로 유연히 작동하며 덜 자란 근육을 대체했다. 나의 허약한 몸은 고치거나 낫게 할 수 없었다. 나는 병에 걸리지 않았으니까. 이처럼 기기의 보조를 받아 영원히 애매하게 살아갈 운명이었다. 하지만 주홍 누나는 한 번도 자신과 동일해지라는 말을 한 적이 없었다.

몸을 웅크렸다. 알 속의 새가 된 기분이었다. 인공 폭포의 물안개가 이불이 돼 몸을 덮었다. 축축한 공기 속에서 냉기는 더욱 선명해졌다. 콜로나의 깊은 곳을 시찰할 때나 느꼈던 한기였다.

한 걸음, 두 걸음. 잠기운이 내게 다가왔다. 눈꺼풀을 자상하게 내리닫는 공기의 흐름. 몸을 최대한 동그랗게 말아 시야를 차단했다. 불완전히 잠들고 싶었다.

머릿속에 과거의 대화들이 마구 뒤엉켜 떠다녔다.

*

현재를 살고 있다면 우리에겐 반드시 두 가지가 있다. 하나는 과거, 또 하나는 미래. 미래는 알 수 없고 과거는 바꿀 수 없으니 우리는 알 수 없는 것들을 상상하고 바꿀 수 없는 것들을 후회하며 살아간다지.

콜로나 시찰을 하기 전의 어린 시절, 나는 움집에서 어머니에게 고대어 해독법을 교육받았다.

"선조들이 단어를 만드는 방법은 간단했어. 뿌리를 찾아 의미를 해석하고 조합하면 된단다. 쉽지?"

"예시를 들어 주세요."

"네 이름은 이록이야. 숫자 '2'를 뜻하는 '이'와 푸름을 뜻하는 '록' 자를 붙여 만들었어. 두 번째로 태어난 푸른 아이라는 뜻이란다."

"제 몸에 푸른색은 아무것도 없는데요?"

어머니는 내 가슴께를 장난스레 찔렀다.

"푸른 것은 늘 숨어 있어."

여린 정수리 피부를 태우는 빛 아래에서 눈을 감으면, 닫은 눈 속에서 울긋불긋한 빛의 환영을 보았다. 그것들이 가끔 푸르렀기에 나는 어머니가 말한 내 안에 숨은 푸르름이란 빛의 흔적이라고 추측했다.

자라날수록 나의 지혜는 팽창했다. 어떤 언어들은 정말로 계시처럼 내 안에 홀연히 나타나 의미를 남기고 떠났다. 자연히 어머니가 모르는 것까지 능숙히 해석할 수 있게 됐다. 사람들은 나와 고대 선조 사이에 설명이 불가한 운명의 끈이 있다고 했다.

먼 옛날의 외침을 듣도록 태어난 아이. 몇몇은 나를 그렇게 불렀다.

"잘 부탁해. 내 이름은 주홍이야."

그맘때 주홍 누나와 짝을 이뤘다. 콜로나를 정식으로 시찰하기 전, 누나의 등에 업혀 파트너로서 합이 좋은지를 테스트했다.

"무거워?"

"엄청."

"미안."

"미안하면 다음에 주먹밥 하나 갖고 와. 나는 남들보다 배가 쉽게 고파."

누나는 대구를 소홀히 해도 주눅 들지 않고 갖가지 얘기로 떠들었다. 처음 만났을 때는 분명 나와 키가 비슷했는데, 시간이 지나자 어느 순간부터는 누나가 훨씬 커졌다.

우리의 몸은 서로 다른 방식으로 자라났다. 그 차이를 확인하는 일이 때때로 민망했다. 얇은 옷으로 감춘 속살이 닿는 느낌은 외면하려 할수록 더욱 생경해져 자꾸만 집중이 됐다. 심장이 뛰고, 피가 원치 않는 곳에 쏠리기도 했다. 누나도 우리가 결코 같은 존재가 아니라는 사실을 생각할 것 같았고, 그러면 창피가 불같이 지펴져 온몸을 달궜다.

백금 형은 늘 주홍 누나와 붙어 있어야만 하는 나를 시기하며 내려보았다. 굳이 말을 하지 않아도 형은 냉대만으로 내가 주홍 누나의 짐이 됐다는 걸 매일 표현했다. 찬란한 랑데부의 시선을 머금어 그 어떤 나무 열매보다 반짝였던 형의 눈동자에는 원망이 가득했다. 짐. 나는 누군가에게 그런 존재로 정의되고 싶지 않았다.

조금 더 자라 정식 해독가가 된 후에는 누나의 등에 업히길 거부하기도 했다.

"이제 그만 업어 줘. 나한테는 일록 형이 있어."

"너 모르는구나? 일록은 너를 업고 다니기 싫대. 걘 성격이 영 별로잖아. 연두랑만 지내고."

"그래도 생판 남인 누나한테 업히는 게 더 불편해."

"나도 안 편해. 족장이니까 희생을 감수하는 것뿐이야."

"싫으면 안 하면 되지……."

"세상에는 싫어도 견뎌야만 하는 게 있대. 모두에게 이로운 일이라면 더더욱."

"진지한 척은……."

"말대꾸!"

주홍 누나는 장난을 칠 때와 치지 않을 때를 구분할 줄 알았다. 가끔은 누나의 그 어른스러움이 자기 몫의 불행과 싸우고 있다는 외침처럼 들리기도 했다.

내가 부끄러워한다는 걸 눈치챈 이후부터 누나는 집에 오자마자 등부터 내보였다. 얼굴을 똑바로 바라보면 더 부끄러워질까 봐 보인 배려였다.

우리는 살이 닿는 순간의 불행과 수치를 참아 가며 매일 만났다. 내 몸이 커지는 속도는 누나보다 훨씬 더뎠다. 심지어는 갈수록 허약해졌다. 해독하는 언어가 많아질수록 더 빠르게 넘어졌고, 해석하는 메시지가 쌓일수록 통증은 심해졌다.

"그만두고 싶어요. 다른 사람한테 매일 업혀 다니는 일이 쪽팔리고 날 싫어하는 사람들도 불편하고 다 싫어요……. 나는 이제 어린아이가 아니란 말이에요……."

하루는 어머니에게 화를 냈다. 이유는 간단했다. 내 몸이 치유나 개선의 영역에 없다는 걸 확실히 알아서였다. 살면 살수록 차이만 선명해질 뿐이라면 차라리 누구와도 유대를 쌓지 않은 채로 은둔하는 게 낫다고 여겼다.

"이록아, 스스로를 자랑스럽게 여기거라."

"몸이 이 지경인데 어떻게 자랑스럽게 여겨요."

"너는 마을에서 가장 축복받은……."

"아니라고요. 이 몸은 축복이 아니란 말이에요. 실패작이라고요."

어머니는 땀으로 축축해진 나의 이마를 뜨거운 손바닥으로 닦았다. 들러붙어 있던 내 머리카락을 깔끔하게 귀 뒤로 넘겨 꽂았다.

"마을을 둘러싼 자연을 봐. 높은 파도와 뜨거운 사막, 용 같은 산과 짐승 같은 곤충들. 그 모든 다름들이 실패작은 아니란다. 고대로부터 이어져 온 융화의 흔적이지."

어머니는 고대 선조의 이야기를 읊어 줬다.

네오인을 탄생시킨 그들은 이 행성에서 멀리 떨어진 '지구'라는 행성에서 태어난 생명체였다. 지구는 물과 판의 별이요, 매일 스스로 도는 신비한 곳이었다. 풍족한 자원과 번성한 문화를 발판 삼아 그곳의 선조들은 눈부시게 발전했다. 그 문명의 정수는 '과학'이라고 명명됐다. 선조들은 자긍심이 높았기에 스스로를 사랑했고 더욱 사랑스러운 존재가 되길 욕심냈다. 하지만 사랑과 욕심이 한자리에서 움트니, 무질서하게 뒤엉켜 끝내는 무엇이 사랑이고 무엇이 욕심인지 분간할 수 없게 됐다. 전쟁이 발발했고, 잘못된 기술로 기후는 엉망이 돼 독사탕같이 저주스러운 우박이 쏟아졌으며, 어떤 생명체도 살 수 없어졌다. 그들은 새로운 행성을 찾아야만 했다. 그 이주처가 바로 이곳이었다.

"선조들은 이곳의 환경이 지구와 비슷한 줄 알았는데 많이 달라 당황했다고 해. 랑데부는 '태양'이라는 항성과 비슷했지만 열기가 훨씬 강했고, 여긴 소행성 충돌도 빈번하게 일어났지. 작동하는 온갖 자연법칙까지 달랐고."

"그러면 어떻게 살아갔는데요?"

"늘 중간값을 찾았어. 지구와 조금이라도 비슷한 모습이 있는 구역에 터전을 잡고, 지구의 것과 조금이라도 비슷한 것을 먹으며 버텼지. 극복한 것이 아니라 타협한 거야."

어머니가 움집의 문을 열었다. 벌어진 틈새를 비집고 더운

빛이 무차별하게 들이닥쳤다. 빛이 닿지 않은 곳은 온통 어둠. 새까만 것과 하얀 것이 우리의 공간을 반반씩 채웠다.

"차이 속에 존재하는 공통점을 찾으렴. 우리는 중간값의 산물이니 그 자체로 완벽하단다."

완벽은 어떤 형상으로 존재할까. 손바닥으로 퍼 올리면 금방 사라져 버리면서도 한데 뭉치면 온 행성을 덮는 푸른 바다. 언젠가는 시들 걸 알면서도 태산같이 피어난 형형색색의 꽃들. 완벽해서 완벽해지는 것이 아니라 결핍되어 있기에 완벽해지는 자연들. 빛에 잠식당한 세상 위에 피는 어둠꽃처럼 의뭉스러운 모순들.

나는 아리송한 '완벽'을 되새김질하며 주홍 누나의 등에 업혔다.

"누나는 강한 사람이니까, 완벽해지고 싶다는 욕심도 있지?"

"완벽? 나는 어제보다 오늘 나를 더 싫어하는 사람인데 어떻게 이런 내가 완벽해질 수 있겠어."

"누나도 그런 생각을 해?"

"당연하지. 내일도 살아야 한다는 사실은 나한테도 무서워."

나는 감히 타인이 나만큼 미완의 삶을 산다고 생각하기 싫었다. 남에게 들키지 않으려 꽁꽁 감춘 슬픔과 우울을 타인도 누린다는 건 분한 일이었다. 특히나 주홍 누나처럼 족장에다, 끓어넘치듯이 힘이 가득한 몸을 가진, 매끈하고 빛나는 주홍색 머리카락과 찬란한 눈동자를 가진 사람이 그런 말을 해 버리면…….

"나도 그래."

하지만 나는 얼떨결에 고개를 끄덕여 버렸다. 가슴이 개운
했다.

"있잖아. 매일 이렇게 업으러 오는 일, 귀찮지?"

"또 이러네? 귀찮기야 귀찮지."

"그래서 싫지?"

주홍 누나가 응석에 질렸다는 투로 한숨을 쉬며 돌아봤지
만, 내 얼굴을 보고는 조금 놀란 후 금세 표정을 풀었다.

"무슨 일이 있었구나."

존재하고 싶지 않다는 감각으로 사는 일은 가슴에 소용돌
이를 심고 사는 것과 같았다. 나의 성장은 오직 그 회전들과
맞서 싸우는 일이었다. 내 안에는 결핍에 대한 선명한 자각이
있었다. 이 땅으로부터 튕겨져 나가고 싶었다. 배우고, 똑똑해
지고, 알아 가는 게 더 많아질수록 세상은 내게 무엇이 없는지
치열히 설명했다. 남들처럼 뛰지 못하는 나. 남들처럼 움직이
지 못하는 나. 어딘가 다른 나. 이런 나에게도 중간값이란 것
이 있을까.

나와 비슷한 무게의 우울을 가진 사람에게 눅진한 고름을
고백했다. 주홍 누나는 그런 나의 손에 제 몫의 주먹밥을 덜어
줬다.

"이록아, 나는 너를 업는 일로 내 쓰임을 완성하고, 그건 다

른 누구로도 대체가 안 돼."

어려도 삶은 힘들었다. 사는 것이 생각보다 기쁘지가 않았다. 내 곁의 누나도 사는 게 고단하다 말한 적이 있었다. 그럼에도 두꺼운 진심을 얄팍하게 으깨며 미소 지었고, 내가 자신의 쓰임을 완성한다고 말해 줬다. 어쩌면 거짓말일 수도 있었다. 그러나 믿고 싶다는 소망이 추동하며 나를 흔드니, 나는 그 순간에 타인의 말을 믿을 수 있는 바보가 되었다.

여름은 더웠다. 두 팔을 뻗으면 햇볕과 바람이 온몸에 고루 감겼다. 미치도록 더운데, 그래서 시원하다는 감각 또한 존재했다.

"같이 있어야 우리는 완벽해져."

현재를 살기에 반드시 미래 또한 있다는 진리를 믿어 보기로 했다. 타인의 언어를 해석하는 일은 잘했어도 나만의 언어를 표현하는 일에 서툴렀던 나에게, 주홍 누나는 세상과 나 사이의 중간값으로 아로새겨졌다.

이제 나를 잃은 사람을 상상하며 계속 몸을 웅크렸다. 어둠 꽃처럼 등줄기를 동그랗게 말았다. 무릎 가까이에 입을 갖다 댔다.

기꺼이 상상하자. 어머니가 남겨 둔 명령은 이행했고 나는 최선을 다했으니까. 보상처럼 상상을 하는 거야. 이 정도는 괜찮을 거야. 이 정도 거짓말은…… 용서해 줄 거야. 이 땅에 일억 번의 여름보다 더 많은 여름이 존재한다 해도, 그 수와 상관없이 나는 아끼는 사람을 위해서 이럴 수밖에 없다. 그래, 여름의 수는 내게 아무런 의미가 없다. 오직 단 한 명의 사람만이 나를 살게 하니까.

아주 많이 칭찬해 줬으면 좋겠다. 이록아 정말로 잘했어, 하고. 너는 그 누구로도 대체되지 않아, 하고.

"야, 여기서 잠을 자다니. 부랑자냐?"

눈을 떴다. 그 모든 찬란한 상상이 이제는 과거가 되었다. 꿈. 그래, 나는 지금까지 고작 꿈 얘기나 한 것이다.

4

며칠 뒤 중앙 기관에선 본격적인 무한 동력 생산에 돌입했다. 나는 그들에게 궁극의 원천이 무한 동력을 만드는 데 크게 도움이 될 거라 격려했다. 아버지는 내 적극성에 만족하면서도 아쉬워했다.

"이록, 고대 선조가 남긴 두 개의 흔적 중 남은 하나가 무엇인지는 알지 못했느냐?"

벙커에 대한 정보를 줄 수는 없었다. 나는 능숙히 시선을 돌렸다.

"콜로나에 적혀 있지 않았어요."

"미미족들 중 누군가가 발견하지는 않았고? 아니면 해독되지 않은 예언서의 도형 퍼즐을 풀었다거나?"

"우리에겐 아무런 정보가 없었어요."

"다시 말해."

아버지가 몹시 불쾌한 얼굴로 나를 노려봤다.

"그들에겐 아무런 정보가 없었어요."

그는 한참 살피고는, 어쩔 수 없다는 의미로 상체를 틀었다. 그러고는 판을 조종하는 두두족 기사들에게 선포했다.

"영원한 안전을 위해 재앙을 내릴 때가 왔다."

더 이상 미미족에게 볼일이 없어진 두두족은 미미족 소탕을 수행하려 했다. 동시다발적으로 판을 조종하여 재해를 일으키겠지. 아마도 사흘, 혹은 이틀 후에 곧바로 시행될 것이다.

일록 형은 내게서 입지를 뺏기고 싶지 않았는지 다급히 손을 들었다.

"아버지, 재해를 일으키는 건 늘 저의 역할이었습니다. 혹시 모르니 멸망 전에 미미족의 동태를 살피고 오겠습니다. 시간을 주세요. 우리가 모르는 무언가를 알아내고 피난을 떠났을지도 모르는데 그렇다면 그 위치를 추적해야 하지 않겠습니까?"

"나는 이록을 믿는데."

"하지만 저도 믿어 주셔야……."

일록 형은 제법 간절해 보였다. 저것이 진심이라면 아주 역겨운 녀석이고, 연기라면 대단한 녀석이었다.

"좋다. 확실히 해 두는 게 좋겠지. 마지막으로 살피거라."

"감사합니다."

나는 그 모습을 보자마자 다리에 힘을 빼고 풀썩 주저앉

왔다.

"갑자기 기계 발이 작동하지 않아요."

인어처럼 다리를 접어 앉은 채로 기계 발을 거칠게 두드렸다. 다리를 들어 올리는 일이 불가함을 알렸다. 아버지가 당황하며 연구진에게 상황을 살피라 명령했다. 그럴수록 나는 거세게 몸을 비틀고 아파하며 신음했다. 기계 발이 오작동하여 근육을 수축시키는 느낌이 괴롭다 토로했다.

"누가 절 좀 업어 주세요! 빨리요."

나는 일록 형을 손가락으로 가리키며 절규하듯 소리쳤다.

"뭐 해? 형이 나를 업어야지!"

일록이 콧방귀를 뀌며 웬 꾀병이냐고 묻기에 아픔이 글썽거리는 눈동자로 아버지를 올려다봤다. 아버지는 고통에 몸서리치는 나를 보고는 형을 나무랐다.

"네 동생이 아파하는데 가만히 서 있는 것이냐?"

"저 자식이 갑자기 말도 안 되는 꾀병을……."

"일록!"

"아버지, 제가 형인데 어찌 저한테 이록의 허드렛일을 시키십니까."

"지금 지시에 반항하는 거냐?"

아버지는 복종하지 않는 자를 좋아하지 않는다. 그건 증오한다는 뜻이기도 하다. 일록은 자신의 처지가 나보다 아래에 있다는 사실에 이를 갈면서도, 어쩔 수 없이 나를 업었다. 엉덩이를 받치는 형의 팔에서 미세한 경련이 느껴졌다.

*

"미친 자식. 갑자기 왜 아픈 연기를 한 건데?"

"형한테 업히고 싶어서."

일록은 숙소로 돌아가는 내내 어금니를 갈았다. 업혀서 그 옆얼굴을 바라보는데 마음만 먹으면 당장 나를 죽일 수도 있을 것 같았다.

"사실은 대화할 시간이 필요해서 그랬어."

나는 행인이 드문 인공 폭포 구역을 제안했다. 형은 내가 자신에게 업힌 목적을 뒤늦게 인지하고선 마지못해 따라 줬지만, 여전히 짜증이 가득했다.

"이제 미미족에겐 시간이 없잖아. 아직 내가 모르는 게 있다면 알려 줘. 형의 계략대로 나는 어머니가 남긴 메모를 봤고 궁극의 원천을 두두족에게 넘겼어. 물론 어머니를 죽게 만든 괘씸한 형은 손도 못 대게 했지만 말이야."

형의 발걸음은 느리지만 착실했다. 너른 등에 업혀, 한때는 우리가 자연스레 등과 배를 나누었던 시간을 떠올리려 했다. 이미 너무 오래돼 이미지조차 잘 떠오르지 않았다. 관두자.

"이록, 오히려 네가 나한테 설명하지 않은 게 있어. 궁극의 원천이 뭐길래 나는 손도 못 대게 하는 거지? 내가 지하 벙커

지도까지 가져가게 해 줬잖아!"

나는 형에게 궁극의 원천이 정확히 무엇인지 알려 주지 않았다. 또한 그 힘을 나눠 받지도 못하게 했다. 지금이라도 알려 줄까 고민했으나 역시 알려 주고 싶지 않았다. 형이 알아 봤자 상황이 바뀌는 것도 아니고 곤란한 사람만 늘어날 뿐이었다.

형이 내 역할을 나눠 받는 일은 아무래도 싫었다.

"형한테 더 말할 건 없어."

"그렇다면 나도 너한테 더 말할 게 없다."

"이러기야?"

"어, 이럴 거야."

"미미족이 멸망하는 순간을 코앞에 두고도?"

"너도 어느 정도는 눈치챘잖아."

인위적으로 낙하하는 폭포 소리가 우리의 밀담을 상냥히 보호했다. 누구도 엿듣지 못하도록.

"나도 멸망에 순종하지는 않을 거라는 거."

줄곧 알고 있었다. 형에게도 지키고 싶은 사람이 존재한다는 사실을. 형은 나를 업은 채로 폭포의 정면을 바라보고 섰다. 물은 잔망스러운 어린아이처럼 대화에 불쑥 끼어들어 제 소리를 높였다. 비밀스러운 대화를 숨겨 주는 물이 고마웠다.

마지막으로 미미족을 만나러 갈 형에게 주홍 누나의 안위를 부탁하고 싶었지만 형이 그 부탁을 들어줄 것 같지는 않았다. 물론 상관없었다. 백금 형이 주홍 누나를 다그쳐 서둘러 피난을 가게끔 돕고 있을 것이다.

"이록, 아무리 생각해도 난 네가 싫어. 넌 내가 말하지 않는 것들까지 다 알게 될 테니까."

"모든 걸 다 아는 사람이 행복할까?"

"다 알면 다 가질 수 있으니 행복하겠지. 너처럼."

나는 대답하지 않았다. 형에게 어떤 말을 해도, 형의 자격지심을 씻어 줄 수는 없었다. 그건 내 몫이 아니기도 했다. 형은 나를 업은 채로 한쪽 손만 풀어 주머니에서 매끈매끈하게 잘 닦인 보석 하나를 꺼냈다.

"어른을 속이는 일보다 더 어려운 일이 뭔지 알아?"

"알아. 자기 자신을 속이는 일."

"아니야."

"그러면?"

"나를 믿어 주는 사람을 속이는 일. 그게 더 어려워."

"나를 믿어 주는 사람은 내가 무슨 말을 해도 속을 텐데 그게 뭐가 어려워?"

"그러니까 어렵다는 거다, 멍청아."

형은 색이 예쁜 그 둥근 보석을 얼굴 가까이 들어 올렸다. 혼자만의 의식처럼 보였다.

인공 폭포의 외형은 기억 속 장소를 회상시켰다. '약속의 절벽'이라는 곳인데, 몹시 가팔랐다. 폭포 소리는 늘 불균일해서 어떤 때는 우레같이 큰데 어떤 때는 할머니의 자장가처럼 잔잔했다.

눈앞의 인공 폭포는 동요 없이 일정하게 울었다. 그 이질적 울음이 오히려 그리움을 불러일으켰다.

"이록, 나는 내가 지키고 싶은 사람에게 이미 말했어. 나를 믿고 있다면 약속의 절벽에서 기다려 달라고."

"그게 결국 형의 목표였어?"

"미리 말해 두는데 네가 구하려고 하는 것들에 나는 관심 없어. 어떻게 되든 내 책임이 아니야. 내가 순종하지 않는 멸망이란 제한적이니까."

형은 주홍 누나를 구원해 줄 의향이 없음을 딱 잘라 말했다. 솔직한 거절에 괜한 것을 기대하지 않아도 돼 오히려 마음이 편해졌다. 그 모습은 어린 시절과 비슷했다. 형은 늘 이랬다. 사실 형은 변한 적이 없었다.

"대신에 네가 모르는 거 하나는 말해 주지."

"뭘?"

"네 어머니……."

형의 말대로 모든 것을 알고 있는 사람은 정말로 행복할까. 잘 알지 못하는 사람보다 편안할까. 그렇다면 어째서 지금 나는 고대 선조들의 언어를 다 아는데도 행복하지 못한 걸까.

형도 어쩌면 알고 있는데 모른 척하고 살아온 건 아닐까. 다 알고 있는 사람이 때로는 다 포기해야 할 수도 있다는 것을.

"……살아 계신다."

일록의
여름

1

아직 나를 믿고 있다면, 내일 약속의 절벽에서 기다려 줘.

내 이름은 일록이고, 연두에게 그 말을 한 이유는 간단했다. 내게도 지키고 싶은 사람은 있다. 주홍과 백금에겐 미안하지만, 그들은 내가 지킬 수 없는 사람이다. 내게는 선택지가 많지 않다.

늘 그랬다.

"어머니가 살아 계시다니?"

궁극의 원천을 찾아 하얀성으로 데려온 뒤 며칠째 불편한 동거 중인 이록은 몰라볼 만큼 냉정해졌다. 동생의 발 빠른 상황 판단력과 임기응변을 보고 있노라면 경탄보다는 안쓰러움이 앞섰다. 쓸모없는 형이 곁을 떠난 이후로, 외로운 어른이 되는 법을 배운 것 같아서.

"더 묻지 말고 알고 싶은 게 있거든 스스로 찾아."

이록과 집으로 돌아온 뒤 한 책상에 앉아 배급받은 식량을 나눠 먹었다. 이 공간은 나 한 명이 살기엔 넓고 쾌적했지만, 마음이 잘 맞지 않는 동생으로부터 달아나기엔 터무니없이 좁았다.

아버지에게 허가받은 마지막 업무는 간단했다. 미미족이 마을에 그대로 있는지를 파악하는 일이었다. 만약 그들이 마을을 떠나지 않았다면 온갖 재앙을 내려 멸망시키겠다고 했지. 떠났다면 추적하는 기사들을 보낼 것이고.

상황은 내가 착용한 글러브를 통해 아버지에게 보고될 예정이었다. 그는 두두족의 족장, 하얀성을 다스리는 남자다. 전능하고, 절대적이다. 나는 그의 말을 어길 힘이 없다. 시키는 대로 미미족 마을로 가 종말을 미리 보고 올 것이다. 그 전에 약속의 절벽에서 연두를 만나야만 했다.

한편 이록은 미미족 마을에서 먹지 못했던 진귀한 음식을 먹고도 기뻐하질 않았다. 저 아이의 원초적 기쁨까지 억누르고 있을 마음의 주인이 누구인지는 안 봐도 뻔했다.

"단념해. 주홍은 죽을 거다."

이록은 대꾸하지 않았다. 다른 꿍꿍이를 꾸미고 있을지도 모르겠지만, 아직 수상한 기색은 보이지 않았다.

사실 상관없었다. 이록이 주홍을 구하든 혹은 미미족 모두를 구하든 아니면 단념하고 그들의 최후에 슬퍼하든 내 선택지가 아닌 것들은 고려하고 싶지 않았다. 선택지에 없다는 것은 오답이 될 일도 없다는 뜻이다. 나와 무관한 것. 그렇게 생각해야만 했다.

식사가 끝나자 때맞춰 아버지가 찾아왔다. 나와 이록이 한쪽 무릎을 굽히고 머리를 숙였다.

아버지는 성안에서도 호위 기사를 데리고 다녔는데, 반항하면 그의 발이 아닌 기사들의 발로 얻어맞았다. 몸과 마음 곳곳에 새겨진 흉터가 아직 사라지지 않았으므로 나는 기억을 곱씹으며 저항을 삼갔다.

"이제 곧 예언이 실행되고 미미족은 소탕된다. 준비는 되었는가?"

"되었습니다."

이록은 침묵했다. 어리석은 동생에게 눈치를 주었으나 분위기에 조화하지 않았다. 아버지는 그런 이록의 발끝에 자신의 발끝을 맞추어 섰다.

재차 호명했으나 무응답이었다. 어리석은 동생이 보이는 마지막 자존심이었다.

"이록, 네 친구들이 죽는 건 안타깝게 생각하지만, 친구라면 여기에서 더 만들면 된다. 너는 두두족 존속에 큰 공을 세웠다. 네가 찾아낸 궁극의 원천이 우리를 영구적으로 지켜 줄 거다. 네 덕에 우리는 축제를 벌였고, 하얀성을 무한히 운영할 에너지도 얻게 됐지. 네가 찾아낸 미래인데 왜 자랑스러워하지 않느냐."

이록이 아랫입술을 깨무는 것이 보였다.

"불필요한 것들은 서둘러 잊는 게 좋다. 난 어린아이의 사춘기를 달래 줄 마음이 없거든."

공을 세운 일에 대한 칭찬은 사족에 불과했다. 그가 전하려는 건 오직 하나였다. 어린아이처럼 굴지 말라. 아버지에게는 유능한 아들이 필요하지, 귀여운 자식이 필요한 게 아니었다.

"아버지는 왜 한 번도 어머니 걱정을 하지 않나요?"

입을 다물고 있던 이록이 고작 꺼낸 말이었다. 나는 아버지를 대신하여 이록의 뒤통수를 후려쳤다. 어른의 교활함을 받아들이기에는 아직 여린 동생이 이를 부득부득 갈았다. 유치한 행동. 유치한 언행. 너는 아직 미숙하다. 그러니 아버지에게 진심을 내비치는 것이다.

아버지는 픽, 하고 냉소를 뱉더니 더 대꾸하지 않았다. 다만 이록의 발등 위에다 어떤 물체를 떨어뜨렸다. 그러고는 호위 기사들과 함께 사라졌다.

체취 제거 입욕제.

이록의 목덜미가 붉어졌다.

*

덥지 않았다.

적어도 아버지가 만든 이 하얀성은 나를 데우지 못했다. 미미족을 착취하여 수집한 재해 에너지로 냉방 기기를 구동하는 이곳 사람들에게 더위는 무지의 영역에 있다. 땀 흘리지 않고, 노동하지 않아도 되는 곳. 턱끝까지 차오르는 숨과 젖은 눈망울이 없는 곳. 아버지의 은혜였다.

은혜. 마땅히 감사해야 하는 것.

은혜. 그러나 받아들일 수 없는 것.

"어머니가 살아 있다면 어디에 계신지 당장 말해."

우리는 사각형 방에서 사각형 창문 너머 인공 자연의 풍경을 곁에 두고 대치했다.

"그건 나도 몰라."

"대체 형의 말은 뭐가 진짜고 뭐가 거짓이야?"

"넌 어렸을 때부터 뭐가 진실이고 거짓인지에 집착하는 경향이 있었지. 해독가라 그런가? 이미 뱉어진 말은 진실이든 거짓이든 그 자체로 하나의 표현인데도."

이록이 성큼 걸어왔다. 화가 난 것으로 보였고, 내가 익히 알던 어린 동생의 모습이 아니었다. 너는 자라 있었다. 내가 자라났듯이.

이록은 바보 취급은 지겹다며 기어코 나의 멱살을 잡았다. 나는 침대에 걸터앉은 채 멱살이 붙들린 자세로 그를 올려다보았다. 약자의 폭력은 아프기보다는 슬플 뿐이었다.

"많이 컸다. 정말로 나랑 닮았어."

"제대로 말해. 어머니는 어디에 있지? 위험하신 거 아니지?"

"그게 왜 중요하지? 넌 여기에 있고, 살아남을 수도 있는데."

"내가 살리고 싶은 사람들은 여전히 밖에 있으니까!"

"그럼 넌 왜 혼자 여기에 왔지?"

"그야 바깥 사람들을 살리기 위해 어쩔 수 없이……."

"거봐, 결국 우린 똑같아."

이록이 분노하며 반대쪽 손으로 주먹을 쥐었다.

"때리고 싶으면 때려. 세 대 정도는 맞아 줄게."

희멀건 그 주먹이 가여워서 나도 모르게 코웃음을 쳐 버렸다.

"그거라면 다섯 대 맞아 줄게."

"닥쳐!"

나에게 내 몫의 계획이 있듯이 너에게도 네 몫의 계획이 있 겠지. 배신이라는 보자기로 잘 덮어 아무도 모르게끔 감춰야 하는 마음이.

"우리는 같은 운명을 타고났어."

오랜 부정의 끝에 결국 수긍할 수밖에 없음을 알아챈 이록 은 힘없이 나를 놓았다.

*

마구간에선 수십 마리의 세련된 메탈 백마들이 에너지를 충전하고 있었다. 내일을 위해 배급받은 백마의 상태를 점검 했다. 유리를 갈아 만든 듯 찬란한 금속 갈기와 청동으로 만든 말발굽이 균일하게 반짝였다.

메탈 백마와 눈을 맞추었다. 두두족의 찬란한 지성이 만든 붉은 눈. 사물을 명확히 인식하고 탐색하는 새빨간 다이아 렌즈 속에 내 형상이 온전히 담겼다.

"마음도 볼 수 있니?"

백마는 대답하지 않았다. 대화 기능은 존재하질 않았으니. 과학과 수학으로 탄생한 이 기계가 사용하는 언어와 내가 사용하는 언어는 달랐다. 하지만 언어가 같다고 반드시 대화가 가능한 것은 아니었다. 돌이켜 보면, 나는 제대로 된 대화란 걸 하지 못하며 살아왔는지도 모른다.

"마음도 볼 수 있으면 좋겠네."

백마는 여전히 대답하지 않았다. 주인의 소망을 이해하는 기능 또한 없으니까. 그 빨간 눈을 바라보며 미래에는 나를 이해해 주는 사람과 행복하게 살기를 바랐다. 오래. 행복하게. 그래, 내가 바라는 것은 많지 않았다.

그 미래를 위해 오늘까지의 시간을 희생했을 뿐이다.

2

과거는 꿈이 아니다. 과거는 현실도 아니다. 과거는 그냥 과거다. 이미 지나 버린 시간. 되돌릴 수 없고 바꿀 수도 없다. 눈을 감든지 뜨든지, 잠을 자든지 깨든지, 지난 세월은 바뀌지 않는다.

내가 미미족의 작은 움집에서 태어나 두 살이 됐던 해, 아버지는 내게 깃든 고대어 해독 능력이 불완전하다는 사실을 파악했다.

"이 녀석은 천한 미미족과 다를 바가 없다."

"아직 두 살밖에 되지 않았어요. 성장하면서 달라질 수 있어요."

"기회도 가치가 있는 것에게 주어야 빛나는 법이다."

아버지는 어머니와 나를 버렸다. 한때 해독가로 활동했다는 여자를 탐색해 다시 아이를 만들었다. '이록'이라는 이복 동생이 태어났고, 그 어린 핏덩이는 아버지를 웃게 했다. 이록이 하사받은 완전한 재능은 축복이라는 말이 아니고선 설명이 불가했다.

나는 그런 이록이 부러웠다. 이록뿐만이 아니었다. 단단하고 건강한 육체로 태어난 백금도 부러웠다. 못지않게 강인하고 용감한 주홍도 부러웠다. 어정쩡한 해독 능력과 어정쩡한 육체를 받아 태어난 나에겐 아름다움이 털끝만큼도 존재하지 않았다.

새여름이 몇 번이고 지나도 마찬가지였다.

"어머니, 저는 쓸모없는 자식인가요?"

"아니."

"해독을 잘하지도, 몸이 강하지도 않은 저는 어디에서 쓰임을 인정받지요?"

투정이라기엔 무겁고 자조라기엔 미숙한, 결국 애매한 자기혐오밖에 되지 않는 말들을 할 때마다 어머니는 예쁘게 뭉쳐진 주먹밥을 건넸다.

"인정받을 필요 없단다. 있는 그대로 살아도 되니까."

나는 어머니의 위로로 하루를 버티고 이틀을 살았다. 하지만 어떤 날에는 그것만으로 충분하지 않았다. 이록의 성장을 보고자 아버지가 마을을 방문했을 때. 그가 엄지를 치켜세우며 천재적인 해독가라 칭송했을 때. 이록의 어머니가 특별 식량을 보급받고 좋은 대우를 받을 때. 그 축복을 누리지 못하는 나와 어머니를 볼 때. 내 안에서 뭔가가 자라났다. 이록이 가진 재능은 내 것이 아니었다. 내 것이었던 적이 없었고, 내 것으로 만들 수도 없었다. 그럼에도 나는 그 아이가 내 것을 빼앗는다고 생각했다. 어쩌면 이록은 내 것을 빼앗고 있는 게 맞았다.

재능이 아닌 쓰임새를.

그 사실을 곱씹으면 땀이 쏟아지는 여름 아래에서도 심장에 냉기가 돌았다. 마음이 얼어붙는 추위에 두 다리가 떨렸고, 이가 갈렸다. 어머니는 그런 나를 재차 감싸며 온기를 불어넣었다.

"일록아, 쓸모 있는 사람이 되지 말고 행복한 사람이 되어라. 그건 누구나 될 수 있단다."

간단한 일이라고 했다. 콜로나 시찰을 떠나지 않고 고대어 해독에 힘쓰지 않아도, 뜨거운 열에 몸이 바싹 구워지고 땀이 비 오듯 쏟아져도, 행복은 달아나지 않는다더라. 어디에 있어도 보이지 않는 것. 냄새가 없고 촉감이 없는 것. 하늘을 날기도 하고 땅을 기기도 하는 것. 나무 기둥에 묶지는 못하지만 바다에 뿌리고 하늘에 날릴 수는 있는 것. 그리하여 어디에도 없지만 늘 곁에 있는 것. 행복은 그런 것이라고 했다.

과연 행복이 무엇일까. 아홉 살의 나는 알지 못했다.

"형, 나는 바다가 궁금해. 하지만 다리가 아파서 갈 수가 없어."

"업어 줄게."

"정말?"

"넌 가벼우니까."

"고마워!"

늘 어른에게만 업혔던 이록을 처음으로 업었던 날. 끝여름을 관통하던 시기라 더위는 한풀 꺾였고, 먼 수평선은 직선이 되길 거부하며 해풍과 함께 일렁였다.

"일록 형, 우리는 아버지가 같지?"

"응, 그래서 이복형제래."

"아버지는 어떤 사람이야? 좋은 사람 같기도 하고, 무서운 사람 같기도 해."

"좋은 분일 수도 있고 무서운 분일 수도 있지, 뭐."

"나쁜 사람은 아니겠지?"

물살을 가르는 상어의 지느러미처럼 파도 소리를 가르고 내 귀에 박힌 물음이 불편했다.

아버지는 나쁜 사람일 가능성이 컸다. 나를 낳은 뒤 불만족하여 어머니와 나를 버렸으니까. 적어도 내 입장에선 아버지를 나쁜 사람이라 판단해야 마땅했다. 하지만 너는 아니었다. 총애를 받고, 좋은 식량을 받고, 기대를 받았다. 너의 쓰임을 증명하는 건 다름 아닌 아버지였다. 그런 네가 아버지에게서 나쁜 사람의 가능성을 찾는 건 배은망덕한 일이었다.

"왜 나한테 그런 걸 물어?"

다소 날이 선 나의 대꾸에 이록은,

"형을 힘들게 하는 것 같아서."

건방지게도 두 팔로 내 목을 한껏 끌어안아 내게 닿았다.

아버지가 나쁜 사람이라는 가능성을 나는 오직 내게서만 찾았는데, 너 또한 내게서 찾았다. 그 점이 나를 자극하여 고개를 무겁게 만들었다. 차라리 우리 관계가 바뀌어서 내가 너의 동생이었다면 좋았겠지. 내가 더 어리니 유치할 수밖에 없어, 하고 핑계라도 댈 테니.

모래사장에는 오직 나의 발자국만 남았다. 외로움이 만든 흔적을 돌아보며 달아나고 싶다는 생각을 했으나 네게서 도망칠 명분이 없었다. 그때였다.

"계속 업고 있으면 안 무거워?"

한 여자아이가 나타났다. 소금같이 반짝이는 땀방울을 닦고 있었다. 눈을 찌푸리고 있음에도 광대뼈에 즐거운 호기심이 가득한 아이였다.

"내가 대신 업어 줄까?"

"왜?"

"난 동생이 없어서 궁금해."

숲을 닮은 초록색 단발머리에, 일자 앞머리. 오른쪽 뺨에 보석처럼 박힌 작은 점. 주홍보다 키가 작고, 덜 그을린 아이. 모래사장에서 혼자 왕조개를 줍던 연두가 히죽이며 이록을 업었다. 이록도 경계를 하지 않는지, 군말 없이 내게서 연두의 등으로 옮겨 갔다.

"와아, 애 가볍다. 몇 살이야?"

"이록은 일곱 살."

"너는?"

"나는 일록이고 아홉 살."

"엇, 저보다 한 살 많네요……."

"그냥 반말해."

우리는 조금 더 걷다가 물기가 다 마른 모래 위에 나란히 앉았다.

연두는 그때만 해도 예비 채집자로 지정되지 않아서 주홍, 백금과 친하지 않았다. 언젠가 채집자가 되길 기다린다던 연두는 매일 해안가를 달리며 훈련을 한다고 했다. 그녀의 부모님은 체구가 작은 대신 순발력과 민첩성이 좋은 채집자들로, 어쩌면 최초로 번개 에너지 채집에 성공할지 모른다는 기대를 받았다. 연두는 그런 부모를 닮고 싶어 했다.

"왜 굳이 채집자가 되려고 해? 고생만 왕창 하게 될걸."

"집에 혼자 있으면 심심해."

"다른 친구들이랑 놀면 되지."

"나랑 안 놀아 줘."

"왜?"

"채집자는 채집자끼리 놀라고 했어. 근데 나는 아직 아무것도 아닌데……."

자신을 설명하는 일이 자랑스럽지 못했는지 연두는 한쪽 손으로 관자놀이 언저리에 돋아난 머리칼을 꼬았다. 녹색 선들이 손가락에 둘둘 말릴 때마다 빛을 머금어 푸르러졌다. 그 빛은 여름의 절정 아래 잎사귀 끝에 매달린 이슬 같기도 했고, 떠나는 바다가 남긴 외로운 윤슬 같기도 했다. 연두는 대뜸 불완전함을 고백한 것이 부끄러웠는지 주머니에서 잘 말린 어둠꽃을 꺼냈다. 자신과 비슷한 것 같아 모으곤 했다며. 나는 조용히 연두의 옆얼굴만 응시했다.

첫눈에 반했다거나, 유독 예뻤다거나, 맹세코 그런 것은 아니었다. 고작 눈에 채워지는 이목구비만으로 내가 그 아이에게 집중한 것은 아니었다. 단지 처음 보는 아이의 입에서 나온 '나는 아무것도 아닌데'라는 말에 어린 외로움이 반응했을 뿐.

"나도 그래."

그 후 이록을 업지 않는 날이면 둘이서 바닷가를 종종 걸었다. 연두처럼 머리칼을 꼬진 않았지만, 그 못지않게 부끄러운 나를 소개했다. 동생에게 밀려 해독가가 되지 못했고 동생과는 어머니도 다르다는 말에 연두는 조용히 고개만 끄덕였다. 그 행동은 동의가 아니었고 측은지심의 표현도 아니었다. 단지 내 말을 듣고 있다는 작은 반응이었다. 불필요한 판단이 거세된 응대가 나는 편했다.

"오늘 에메랄드색 조약돌 주웠어."

"보여 줘 봐."

"짠. 이걸 오래 쓰다듬으면 매끈매끈해져서 진짜 에메랄드처럼 돼. 불안으로도 보석을 만들 수 있다지."

연두는 내게 거친 조약돌 하나를 선물했다. 마음이 불안한 날마다 그 돌이라도 매끈해지기 바라며 열심히 쓰다듬었다. 나의 불안은 곱지 못하여, 보석이 되려면 수년은 걸릴 것 같았다.

그렇게 내가 열한 살이 되고, 연두는 열 살이 됐다. 우리의 키는 앞다투어 자라났다. 그럼에도 나는 백금보다 작았으며 연두는 주홍보다 작았다. 우리는 자신의 체구를 애매하다고 표현했지만 절대 상대의 체구는 애매하다고 평가하지 않았다. 서로의 애매함을 누구보다 잘 알면서, 치열히 묵인했다. 실없는 이야기를 종종 나누었고 기약이 어려운 내일의 소일거리를 상상했다.

마음의 성장은 보이지 않아도 몸의 성장은 보였다. 사람들은 우리의 관계를 음흉하게 생각하여 손가락질하곤 했다. 그 오지랖으로부터 달아나기 위해 우리는 약속의 절벽에서 자주 만났다.

"여기 이름이 왜 약속의 절벽인지 알아?"

"경치 좋아서 약속할 맛이 나니까?"

"땡! 웬 어르신 같은 말이야? 이 절벽에서 약속하면 단둘만 알 수 있대. 어겨도 단둘만 알고, 지켜도 단둘만 아는 비밀."

"연두야, 비밀은 어른들이나 만드는 거야. 책임을 져야 하잖아."

　나는 연두가 가리킨 손끝을 따라 절벽 아래의 경치를 내려
다보았다. 우거진 숲과 광활한 바다가 입체의 그림으로 펼쳐
졌다. 짜증 나는 종족의 삼각뿔 성조차도 풍경을 이루는 백색
의 획처럼만 느껴졌다.

　"이록한테 곧 다리가 생긴대. 들었어?"

　"응."

　"주홍은 차기 족장이니까 분명 이록을 잘 챙겨 줄 거야."

　"그렇겠지."

　"그럼 오빠는 혼자가 되니까 나랑 더 자주 놀자. 흐흐."

　"백금이랑 놀지는 않고?"

　"백금은 가문 대대로 강한 사람을 좋아하잖아. 나랑은 안
맞아."

　연두는 내게 먼저 말을 걸어 주는 몇 안 되는 사람이었다.
시시콜콜한 이야기를 먼저 꺼냈고, 먼저 물었으며, 가끔은 혼
자 대답했다. 어느덧 치렁치렁하게 길어진 내 검은 머리칼을
귀 뒤로 넘겨 주며, 어둠꽃 가지 하나를 꽂아 주는 연두는 어제
의 불행을 쉽게 잊고 살아서 매번 새로운 얼굴로 미소 지었다.

　"오빠는 꿈이 뭐야?"

　"딱히 없어."

　"나는 있어."

　"뭔데?"

"오래 살기."

연두는 욕심이 많지 않았으나 삶을 향한 애착은 강했다. 쓰임새가 없음은 둘 다 피차일반인데, 너는 내일도 모레도 살아남고 싶어 했다. 반면 나는 사는 것이 재미없었다. 그래서 연두에게 살아서 무엇을 하고 싶은지를 종종 물었다.

그때마다 답은 늘 달랐다. 어떤 날에는 주먹밥 많이 먹기랬다가, 또 어떤 날에는 키가 커지기랬다가, 또 어떤 날에는 해변가에서 홀딱 벗고 불가사리처럼 누워 보기라고 했다. 하고 싶은 일이 매일 달라진다는 건, 날마다 새로운 소망이 생긴다는 뜻이겠지. 신기했다.

"바람 같은 사람 옆에는 뙤약볕 같은 사람이 있어야 한대."

"왜?"

"서로가 서로의 존재를 보완하니까."

"연두 너한테도 내가 필요해?"

"필요하지."

"왜?"

"나한테 귀에 딱지가 앉을 정도로 '왜?'라고 물어서 생각하게 만드는 사람은 한 명밖에 없거든!"

"그래?"

"봐 봐. 또 물어. 흐흐. 뭐든지 이유를 궁금해하는 사람이니까 나처럼 오래 살고 싶어 해 봐. 살다 보면 그 모든 물음의 답을 찾을 수 있지 않을까?"

한 살 어린 주제에 어른스러운 척을 하는 게 우스웠다. 뛰어난 통찰이라도 뽐내는 듯 콧구멍을 벌름거리며 자랑스레 말하는 네가 내 마음속에 가라앉은 돌덩이를 쓰다듬었다. 왜? 역시 잘 모르겠다. 어느 순간부터 나는 너에게 '왜'를 묻지 않게 됐다. 여전히 잘은 모르겠는데, 조금은 알 것 같기도 했다.

이록은 주홍과 짝이 되어 콜로나 시찰을 수행했다. 아버지는 이록을 더욱더 칭찬했다. 그러나 연두가 있어 나는 동생을 덜 미워했다. 여전히 동생과의 관계는 데면데면했고 내 마음은 좁았지만, 해저에서 표면으로 떠오르는 듯 희미한 빛 같은 것이 내 삶에도 생겼다.

"일록아, 요즘은 매일 나가는구나. 같이 어울리는 친구가 너에게 쓰임을 묻더니?"

"아뇨."

"그래서 네 표정이 밝아졌구나."

원래 어머니는 늘 나를 가엾게 여겼다. 집을 잃고 헤매는 새끼 동물을 보듯이 바라봤지만 연두를 알게 된 후에 내가 갖게된 작은 여유는, 어머니의 마음에도 여유를 만들었다. 나는 여전히 삶의 쓸모를 명확히 설명하지 못했지만, 삶의 기쁨은 조금씩 알아 갔다.

어제를 회상하면 괴롭지 않았고, 오늘 잠자리에 누우면 마음이 개운했다. 내일 해야 할 일, 만나야 할 사람을 생각하면 숨이 막히지도 않았다.

행복은 함께 걷는 해안가 산책. 행복은 나눠 먹는 주먹밥. 행복은 나를 필요하다고 말해 주는 어떤 사람. 행복은 나처럼 애매하고 능력도 부족한 작은 아이. 행복은 내일도 나눠 받고 싶은 누군가의 서글픔. 참 별거 아니었다. 정말로 누구나 가질 수가 있구나. 어머니의 말이 옳았다.

"저를 키워 주셔서 감사해요."

"아냐, 네게 좋은 걸 물려주지 못해 늘 미안해."

"전혀요! 그냥 많은 게 감사해요."

"나도 네가 있어 살아간단다."

그리고 그 여름날에 나의 어머니와 연두의 부모님은 열사병으로 죽었다. 연두는 가족의 빈자리를 채우기 위해 채집자가 됐다. 그토록 원했던 일을 소중한 가족을 잃은 덕에 이룬 셈이었다.

죽은 어른들의 시체는 아버지가 모두 회수해 파리지옥에 넣어 버렸다. 연두는 작은 움집에서 벽이 찢어져라 울었다. 그런 연두를, 과거에 어머니가 내게 해 줬던 것처럼 끌어안았다. 나 또한 작은 아이의 등 뒤에 숨어 몰래 울곤 했다.

채집자가 된 연두는 주홍, 백금과 어울렸다. 나도 자연스레 교류했지만, 그들은 연두만큼 편하진 않았다. 백금은 강했고, 주홍 역시 강했다. 이록은 해독가로서 자질이 완성되어 있었다. 누구도 나를 필요로 하지 않았고, 나는 여전히 아무짝에도 쓸모가 없었다.

연두가 채집을 떠나고 나면 어머니를 상실한 나는 너무나 쉽게 혼자가 됐다. 종종 채집을 떠나는 아이들의 뒷모습을 하염없이 바라보며 다리를 굴러 보았다. 빠르지 않았다. 벽에 주먹을 갖다 대 보기도 했다. 백금보다 작고, 주홍보다 물렁물렁했다. 이록이 갖고 있는 고대어 필기들을 훔쳐보았다. 모르는 것투성이였다.

나는 착각하고 있던 것이다. 내게 쓰임이 생기기라도 했던 양. 삶에 뚫린 구멍에는 아무것도 채워진 게 없었다. 무능이 분노의 거름이 됐고, 그 위에서 자란 악취가 작고 어여쁜 행복을 짓무르게 했다.

채집을 시작한 연두의 몸에도 검붉은 꽃이 자주 피어났다.

"너 무릎 살갗이 다 까졌어. 전부 피멍이야. 다음 채집은 주홍이랑 백금에게 맡겨. 아니면 넌 못 하겠다고 말해. 내가 아버지에게 전해 줄게."

"내가 안 가면 주홍이랑 백금이 고생해. 나도 도와야 해. 그리고 채집자가 되고 싶어 했던 건 나인걸……."

"후회하지?"

연두는 대답하지 않았다. 그 아이가 되고 싶어 했던 건 부모만큼 자랑스러운 딸이지, 부모의 빈자리를 채우는 슬픈 딸이 아니었을 것이다. 그럼에도 입꼬리를 당겨 올렸다. 웃음이 너무 헤퍼 화가 났다. 난 억지로라도 그렇게 웃을 수가 없는데.

"후회 안 해."

타인의 배려는 종종 나를 좌절시켰다.

연두는 사실 겁쟁이였다. 채집을 다녀온 날이면 악몽에 시달렸다. 용감한 채집자가 되길 바랐지만 흉포한 자연의 힘을 견뎌 내는 일을 버거워했다. 그 증거로 연두의 조약돌은 이미 매끈한 원이 됐었다. 일억 번째 여름은 자꾸만 다가왔고, 두두족은 에너지를 축적하기 위해 재앙을 일으켰으며, 우리는 식량을 위해 봉사해야만 했다. 시간은 멈춤 없이 흘렀다. 어느 순간부터 연두는 오래 살고 싶다는 말을 가끔만 했다. 하지만 나는 연두가 매 순간 숨 쉬듯이 그 말을 반복한다는 착각이 들었다.

채집을 멈추게끔 해 주고 싶었다. 걱정 없이 행복하게 살게 해 주고도 싶었다. 무서우면 울고, 즐거우면 웃는 게 어울리는 아이였으니.

하루는 연두가 훈련을 하기 위해 바닷가에서 주홍, 백금과 달리기 시합을 했다. 나는 거기에 끼지 못해 커다란 버드나무 기둥 뒤에 숨어 채집자들을 지켜봤다.

하나, 둘, 셋. 힘찬 구령에 맞추어 셋은 앞으로 달려 나갔다. 처음에는 백금이 가장 빨랐다. 튼튼한 두 다리가 바삐 교차하는 모습이 메탈 백마의 질주 같았다. 하지만 이내 주홍이 추월했다. 백금보다 가벼운 몸을 움직여 나비처럼 날아올랐다. 둘은 바람을 갈랐다. 행복해 보였고, 스스로를 자랑스러워했다.

열여섯 살이 될 때까지 연두의 열등한 순간들을 수없이 지켜보았다. 주먹이 쥐어졌다. 저리 애매한 몸을 가진 주제에 채집자로 살고 있음에 화가 났다. 그 아이의 옆에서 주홍과 백금이 어깨동무를 하며 격려했다. 고작 그들에게 격려나 받자고 채집자를 하는 것인가 싶어 내 자존심이 다 상했다.

약속의 절벽에서 나는 연두에게 소리쳤다.

"넌 소질이 없어. 이제 관둬!"

"아냐, 나는 꽤 잘하고 있어. 주홍이랑 백금만큼은 아니지만."

"네가 없어도 그 둘이서 충분히 해낼 거야."

"그렇게 말하지 마."

"네 팔다리를 봐!"

피투성이 꽃들의 정원으로 전락한 연두의 팔뚝을 건드렸다. 조금 닿았을 뿐인데도 아파했다. 그 모습이 나를 더 짜증나게 만들었다.

"거봐! 넌 이 일에 어울리지 않아."

"나는 노력하고 있어."

"쓸모도 없을 노력은 하지 말란 말이야! 될 놈은 뭘 해도 되고, 안 될 놈은 뭘 해도 안 돼. 모르겠어? 우린 안 될 놈들이야. 난 절대 죽었다 깨어나도 이록 같은 해독가가 못 되고 넌 절대 죽었다 깨어나도 주홍이나 백금 같은 채집자가 못 돼."

"나는 다른 사람에게 도움이 되고 싶어."

"너는 애매해. 도움이 되질 않아. 노력해 봤자 아무것도 바뀌지 않는다고!"

"그러니까 노력하겠다는 거야."

"무슨 헛소리야?"

"아무것도 바뀌지 않는다면 더 나빠질 일도 없잖아. 내 노력이 누군가에게 상처가 될 일도 없고 말이야. 그렇지?"

완벽한 육체는 갖지 못해도 완전한 헌신은 할 수 있는 아이에게 나는 모질기만 했다. 애매한 나 자신을 용서하지 못해서, 타인의 애매함에도 날카롭게 구는 스스로가 끔찍했다. 하지만 나는 정말로 연두가 채집 일을 그만두길 바랐다. 우리의 애매함이, 우리의 몸에 상처로 자리 잡는 걸 보고 싶지 않았다. 그래서 목소리가 떨렸고, 나쁜 말이 나왔고, 언성이 높아졌다. 마음에 담아 둔 감정은 절대 한 가지가 아닌데 오직 분노밖에 할 줄 모르는 바보처럼 자꾸 화만 냈다.

정작 너는,

"걱정해 줘서 고마워."

멍투성이 팔을 움직여 나를 감쌌다.

"착각하지 마! 누가 너를 걱정해? 난 지금 너를 비난하는 거야."

"알아."

"난 지금 널 욕하고 있는 거라고!"

"믿을게."

나는 연두를 진심으로 모욕하는 연기를 해서라도 말리고 싶었고, 연두는 나를 믿겠다고 했다. 처연해 보이는 그 얼굴은, 나를 진실로 믿는 사람의 것 같기도 했다. 연두는 오래전부터 내가 하는 말은 전부 믿어 주었다. 그러니 나는 연두를 얼마든지 속일 수가 있었다. 아니다, 속일 수가 없었다. 애초에 연두는 내가 하는 말은 진실과 거짓을 판단하지 않았으니까. 그렇다면 나는 속인 적이 없는 게 되어 버린다.

그 나약하고 작은 품에서 베풀어지는 관용을 헤아릴 수 없었다. 이해되지 않았고, 이해하기 무서웠다. 벌레 같은 나의 이기심을 어떤 악의로도 받아치지 않는 초록의 마음은 너무나 강인했다. 너는 내게 압도적인 여름이었다.

"약속할게. 많이 다치지 않기로."

"지키지도 못할 거면서."

"못 지키더라도 지금은 약속할게. 난 다른 건 못해도 약속은 할 수 있어."

연두가 새끼손가락을 내 손가락에다 걸었다. 절벽이 아무도 듣지 못할 우리의 약속을 목격했다. 무서웠다. 다리가 떨려 왔다. 대체 무엇이 무서웠던 것일까.

내 호소에 끄떡도 하지 않는 연두의 선의가 겁나서? 애매한 우리는 도달하지 못할 타인들이 미워서? 그 누구도 포용하지 못하는 속 좁은 내가 싫어서? 어쩌면 전부일 수도 있겠지. 하지만 연두는 나를 세게 감싸안으며 마음을 이해한다고 했다. 추상적인 말로밖에 느껴지지 않았지만, 나는 이해라는 말을 들으며 울었다.

연두는 되풀이했다. 이해할게.

덜덜 떨며 두려워하면서도, 새끼손가락을 건 채로 나는 다가갔다. 입을 맞추었다. 충동이었다. 그래 놓고서는, 왈칵 너에게 닿아 버린 게 겁이 나서 뒷걸음질을 쳤다. 그러자 연두가 다가와 이번에는 먼저 입을 맞춰 주었다. 여전히 새끼손가락을 건 채로.

비가 내렸다.

"비밀을 만들었으니 이제 우리도 어른이야."

말없이 초록빛 눈을 바라보았다. 절벽 너머의 세상이 너 하나를 완성하는 그림이 되길 망설이지 않았다. 젖어 드는 네 머리칼의 생명력은 짙어졌고, 나뭇잎들은 허리를 숙였다. 드문 폭우였다. 그 덕에 뜻 모를 감정으로 울어 버렸던 내 모습은 들키지 않았다.

그렇게 열일곱 살이 됐던 해, 지루한 여름이 여전히 세상을 지나고 있었다. 이록의 콜로나 시찰은 빨라졌고 두두족이 행하는 착취도 순조로웠다.

반면 관리 차원에서 마을을 방문하는 아버지는 갈수록 조급해했다.

"일록, 네 동생에게 별다른 특이 사항은 없지?"

"없습니다."

"이록은 네가 잘 감시해야 한다."

"아버지, 무엇을 걱정하고 계시나요?"

"혹시라도 궁극의 원천을 미미족이 빼돌릴까 봐 걱정이
된다."

아버지는 이록의 배신을 염려했다. 형인 내가 누구보다도
이록을 잘 감시해야 한다고 거듭 강조했다. 아버지는 그것이
나의 '쓰임새'라고 했다. 나라는 존재는 이록으로 부정당하
고, 이록으로 인해 다시 증명됐다. 삶이 동생에게 편승되는 느
낌이란 썩은 동아줄에 매달리는 감각과 비슷할 것이다.

그러다 내 세상이 바뀌는 사건이 생겼다. 이록의 어머니와
단둘이서 집을 지키던 날이었다.

"일록아, 말해 줄 것이 있으니 이것을 보렴."

"이게 뭔가요?"

"선조들이 만들어 놓은 지하 벙커 지도란다. 미미족을 모두
수용할 크기지. 하지만 정보가 불완전해서 여태껏 공개하지
않았어."

"이걸 어떻게 갖고 계시는⋯⋯."

"해독가셨던 내 조상님이 오래전 콜로나 시찰에서 알아낸
것을 바탕으로 그리셨단다. 두두족에게 보고하지 않았고 비
밀로 지켰지."

이록의 어머니가 은밀히 설명했다. 내 인생에 새로운 톱니
바퀴가 돋아나기 시작했다.

"곧 일억 번째 여름이 시작되면 네 아버지가 우리를 다 죽
이려 할 거다. 두두족이 알기 전에 벙커의 세부 위치를 찾아야

한다. 그러려면 이 지도를 오랫동안 봐 온 내가 두두족 모르게 조사를 떠날 상황이 필요해."

"그런 상황이 어떻게 가능하지요?"

"아무도 죽지 않고 나 하나만 사라져도 이상하지 않을 일이 있어야 된다. 예를 들면 사람 하나 실종돼도 이상하지 않을 국지적 재앙 같은 것. 자연재해는 두두족만이 내릴 수 있고, 지금 두두족과 소통하며 그 재앙을 이끌어 낼 수 있는 건 너뿐이야."

그녀는 보관해 놓은 기록물들을 전부 펼쳤다. 장난을 치는 게 아니라는 증명이었다. 그것은 이록도 보지 못한 것들이었으며, 내가 해독이 가능할 정도로 쉬운 고대어로 쓰여 있었다. 놀랍고 경이로운 진실이 움집의 구석에 숨어 있었다.

"이것은……."

"너무 많은 사람이 희생을 자원할까 봐 겁이 나니 가급적 누구에게도 알리지 말거라. 해낼 수 있는 사람이 조용히 해낸 뒤 알리는 게 최선이다."

조상들은 이미 콜로나 시찰을 끝마치기도 전에 지하 벙커라는 위대한 진실을 알아냈다. 그러나 일찍 누설하면 필시 두두족의 귀에 들어가 미미족에게 위험만 초래할 뿐이었다. 이록의 어머니는 일억 번째 여름에 맞춰, 미미족을 구원할 기회를 기다리고 있었다.

"나를 도와주렴. 너만이 할 수 있단다."

어른이 내 손을 잡고 호소했다. 무겁고도 냉혹한 목소리 속에 절절한 애끓음이 있었다. **나만이 할 수 있는 일.** 나는 열일곱 살이 되던 해 태어나서 처음으로 쓰임새를 부여받았다. 이것은 누구를 위한 쓰임인가. 이록의 어머니를 위하여? 미미족을 위하여? 아니었다. 다분히 사적인 쓰임이었다.

"아버지, 걱정하신 대로 미미족이 궁극의 원천에 욕심을 내는 것 같습니다."

"예상이 맞아떨어졌군! 쓰레기 같은 놈들."

"제가 아버지를 적극적으로 돕겠습니다. 이록이 궁극의 원천을 발견하는 즉시 확보하여 전달하겠습니다. 재해를 내리고 에너지를 관리하는 일까지 도맡겠습니다. 혼혈로서 저 또한 아버지가 미미족을 더럽게 생각하는 마음을 이해하거든요."

"일록! 네 충성심이 놀랍구나. 그렇게만 해 준다면야 너를 임시 두두족으로 임명하마. 우리와 함께 하얀성에 살며 긍지 높은 존재가 되자꾸나."

거짓된 연기를 시작하는 대신에 한 가지는 확실히 해 두고 싶었다. 이록 어머니의 부탁을 받아 미미족을 배신하는 척하며 두두족 밑으로 들어가는 건 매우 위험한 일이었다. 아버지는 자신을 속이는 자를 용서치 않으니, 내가 그의 아들이더라도 목숨을 걸어야만 했다. 그렇다면 나는 그 대가로 반드시 원하는 것을 얻어야 했다. 선택지는 A와 B 두 가지였다.

A. 만약 이 모든 계획이 성공해서 미미족이 벙커로 대피하

면, 나 또한 하얀성에서 빠져나와 미미족으로 복귀할 것이다. 벙커에서 미미족은 멸망을 피하겠지.

B. 하지만 피난 계획이 중간에 어그러진다면? 예를 들어 이록 어머니가 벙커의 세부 위치를 찾는 일에 실패한다면? 미미족은 멸망할 것이고 나만 두두족에 남겨진다.

"아버지, 대신에 한 가지 약속을 부탁드립니다."

"무엇이냐?"

A 혹은 B. 어떤 선택지를 고르든지 내가 맞이할 결과는 같아야만 했다.

"궁극의 원천을 인도하고 나면, 한 사람을 더 데리고 올 수 있게 해 주세요."

그래서 아버지에게 약속을 부탁했다. 이유는 간단했다. 나는 언제나 그 아이를 지키고 싶었다. 다른 사람들에겐 미안하지만, 내게는 선택지가 많지 않았다.

벙커를 찾아 연두를 피난시키거나 두두족으로 만들어 생존시키거나. 어떤 선택지든 연두는 살아야만 했다. 이 세상이 다 멸망하고, 내 동족이 다 불타 버려도 내 쓰임은 그 아이가 오래 살고 싶다는 소망을 이루는 삶 하나로 존속될 수 있었다. 그거면 충분했다.

쓰임새가 확실해졌던 날, 백금이 나를 찾아왔다.

"형, 할 말이 있어."

"뭔데."

"이록의 발이 되어 줘."

"이록의 발은 주홍이 하고 있잖아."

"이제부턴 형이 해 달라고."

"내가 왜 그래야 하지?"

"자유롭게 해 주고 싶어."

다 자란 아이의 금색 눈동자 안에는 내 것과 닮은 마음이 들 끓었다. 적어도 그때의 나는 백금의 감정을 해독할 수 있었다. 나의 것과 다를 바가 없었으니까.

하지만 모른 척 외면해야 했다.

"나에겐 더 중요한 일이 있어."

이 과거는 꿈이 아니다. 과거는 그냥 과거다. 이미 지나 버린 시간. 되돌릴 수 없고 바꿀 수도 없다. 그러니 내가 눈을 감든 지 뜨든지, 잠을 자든지 깨든지, 지난 세월은 바뀌지 않는다.

필요한 건 이제 미래다.

3

회상이 끝나고 새로운 하루가 시작됐다.

메탈 백마 위에 올라탔다. 그날 이후 미미족을 감시하는 척 간간이 벙커를 찾아 떠난 이록의 어머니와 만나 정보를 교환했다. 몇 달간은 제법 진전이 있었는데, 어느 순간부터 만나지 못했다. 행성의 뒤통수 구역과 맞닿은 경계까지 쉬지 않고 달려가며 찾았지만 행방이 끊겼다. 길은 험했고 독초가 많았으며 태산 같은 곤충들도 즐비했다.

나는 그녀가 탐사에 실패하고 달아났다는 결론을 내렸다. 살아남기 위해 아버지처럼 타인을 멸망시키려는 자도 있으니 고작 도망친 것 가지고는 비겁하다 비난할 수 없었다. 그녀에게 실망했지만, 잊기로 했다.

결국 미미족의 피난은 실패할 예정이었다. 어쩔 수 없이 두두족이 내리는 재앙에 당하겠지. 벙커가 없다면, 빛 한 점 없는 구역으로 가 봤자 얼어 죽기만 하니 남은 선택지는 하나뿐이었다.

연두를 만날 장소로 갈 시간이었다. 출발하려던 찰나, 아버지가 나를 막아섰다. 아버지는 품이 넓은 소매를 어깨까지 끌어 올리더니 자기 팔을 보여 주었다. 처음 보는 생살이 흉측했다.

"아버지, 팔이 왜 이렇습니까?"

"무언가 이상하다. 축제를 한 후 두두족의 피부가 벗겨지고 있다. 원인 불명의 통증도 호소하고 말이야."

"워낙 신비로운 힘이다 보니 일종의 적응 현상 아닐까요?"

"그럴지도 모르지."

주머니에서 깨끗한 손수건을 꺼내 아버지의 팔에 흐르는 진물을 닦았다. 아버지는 손수건이 닿을 때마다 따가워하더니 끝내 손길을 뿌리쳤다.

"일록, 너는 지금 무엇을 하러 가는 길이지?"

"미리 허가받은 일을 수행하러 갑니다. 열등한 미미족이 멋대로 피난을 갔는지 살피겠습니다. 마을에 그대로 있다면 즉시 중앙 기관에 보고하여 재앙을 명령하겠습니다."

"그것은 무엇을 위함이지?"

"예언을 미리 실행하여 두두족을 존속시키기 위함입니다."

아버지가 내 손목을 꺾어 글러브를 콱 움켜쥐었다. 그의 피부에서 흐르는 더러운 진물이 손을 타고 글러브에 뒤범벅됐다. 부패하는 냄새가 났다.

"최근에 하얀성에 침입자가 있었다더군. 공교롭게도 그날 너는 미미족 족장과 접견한 적이 있었지. 우리 성이 고작 돌 조각으로 문이 닫히지 않을 정도로 애들 장난인 곳은 아닌데 누군가 미리 손을 쓴 것 같다는 보고를 받았다. 나는 아직 내 사람을 믿고 있단다. 이 몸을 거짓으로 대해선 안 될 것이야."

질긴 고무 가죽을 씹듯이 단어 한 자 한 자에 증오가 눌러 담긴 발성이었다. 위협적인 기세에 어깨가 움츠러들었지만 달리 할 말은 없었다.

"알겠습니다."

한쪽 무릎을 굽히고, 겸손한 자세로 아버지에게 맹세를 연기했다.

"다녀오도록."

서둘러 메탈 백마에 올라타 하얀성을 떠났다. 냉랭한 바람 이 사라진 영역에는 오직 자연의 빛만 있었다. 우리를 비추는 진실의 눈, 거짓 없이 모든 것을 태우는 자연의 눈. 빛의 항성 이 선사하는 여름 위를 힘차게 달렸다. 땀 흘리지 않는 메탈 백마를 대신하여 땀을 흘리고 더워했다. 하얀성 밖에서 모든 것들은 자연이 된다. 그러니 우리는 감히 이 더위를 거부하지 못한다. 글러브의 통신 연결을 고장 난 척 강제 해제했다.

오랜만에 약속의 절벽을 찾았다. 겁쟁이였던 내가 나만큼 이나 겁이 많았던 아이를 비난했던 곳이자, 그런 아이에게 용서받았던 장소다. 내가 저지른 모든 일을 이곳에서 마무리할 때가 왔다.

평평한 회색 암석 위에 주인공이 혼자 있었다. 메탈 백마를 가까운 나무 기둥에 묶고 다가갔다.

"왔어?"

인기척을 눈치챈 연두는 손을 뻗기도 전에 돌아봤다. 해사한 얼굴에 내가 추억하는 모든 과거가 머물러 있었다.

"역시 와 줬네. 미미족은 피난을 시작했지?"

"그건 말할 수……."

"이미 알고 있어. 주홍이 지하 벙커 지도를 손에 넣었을 테니."

"어떻게 알았어?"

"전부 계획된 일이었으니깐."

녹색 아이의 얼굴에, 그 아이가 몰랐으면 하는 감정이 가득했다. 너는 지금 무엇을 느끼고 있을까. 너만 제시간에 피난을 가지 못한 데서 오는 불안함? 너 혼자만 여기에 오라고 한 나를 향한 원망? 무엇이든 그 감정들은 너와 어울리지 않았다.

"같이 가자. 널 데리러 왔어."

손을 내밀었다. 앞으로 내려질 재해가 모두의 목숨을 앗아간다 해도 너의 목숨을 건드리지는 못할 예정이었다. 내가 그렇게 지시할 거니까. 나를 여전히 믿고, 함께하길 원하는지 알기 위해 이곳으로 너를 불렀다.

연두가 깜짝 놀란 눈으로 반문했다.

"어딜? 볼일이 끝나면 나도 피난 대열에 합류하기로 했어. 주홍은 내가 여기서 마지막으로 오빠를 보는 걸 미친 짓이라고 할 만큼 아주 싫어했으니까 빨리 돌아가야 해."

"그 벙커, 못 찾을 거야."

"행성의 뒤통수에 있대."

"전부 설명할 수는 없지만, 사실 이록의 어머니는 살아 계셨어. 벙커를 찾으러 먼저 떠나셨는데 소식이 끊겼지. 아마도 벙커는 허구였던 거야. 하지만 두두족이 만든 하얀성은 실재야. 적어도 우린 그곳에서 함께 살 수 있어. 널 위해 준비한 것들이 있으니까."

먹구름이 나타나더니 랑데부의 빛을 가렸다. 정수리 위로 낯선 그림자가 드리우고, 수상한 기운이 감지됐다.

머리털이 쭈뼛 서는 감각. 두피가 따끔거리는 이상한 느낌. 하늘이 조각나는 수상한 풍경. 균열의 틈새로 뭔가가 뭉치고, 벗어나려 발악하는 소리. 구름이 멋대로 기지개를 켰다.

번개의 징조라는 건 채집자가 아니어도 알 수 있었다.

나는 여기에 그 어떤 재앙도 내리지 않을 예정이었다. 연두에게 상황을 설명하고 하얀성으로 데려가는 일만이 유일한 과업이었다. 더군다나 번개는 다른 재앙과 달리 판으로 만드는 게 아니라 하얀성에서 인위적으로 구름을 만들어 유도해야 했다. 에너지 채집은커녕 소비만 하는 비효율적인 재앙이니 두두족 중앙 기관에서 채집을 위해 번개를 내리는 일은 거의 없었다.

글러브에서 노이즈가 섞인 음성이 들려왔다. 살펴보니 통신 연결이 강제 작동 중인 상태였다. 분명 연결을 끊었는데! 설마 아까 아버지가 글러브를 만졌을 때…….

"일록, 너에게 거짓이 있어선 안 된다고 했지."

암석 아래의 수풀이 움직이더니 백금이 나타났다. 재해를 느끼고 연두를 다급히 데리러 온 것 같았다.

"당장 피해!"

고개를 들어 하늘을 보니 음습한 잿빛 덩어리가 가늠하기 어려운 속도로 뭉치고 있었다. 하얀성에서 인공적으로 전하량을 폭증시켜 만든 먹구름이 머리 위까지 당도했다. 음전하를 응축시켜 일시적으로 막대한 전기 에너지를 뿜는 번개는 제아무리 튼튼한 몸을 가진 채집자도 받아 내지 못하는 재앙이었다. 설령 목숨과 맞바꾸어 채집에 도전해도 번개는 한번 몰아칠 때 그 지속 시간이 100분의 1초도 되지 않아 에너지가 잘 축적되지 않았다.

이것은 징벌이었다. 명령을 배반한 자에 대한 징벌. 오로지 목숨을 뺏기 위해 내리는 재앙.

달아나야만 했다. 다리에 힘을 주고 도망갈 채비를 했다. 탈이 난 사람의 걸음걸이처럼 일 초가 일 년인 듯 생생하고 더뎌졌다. 연두가 눈을 질끈 감더니 두 팔을 높게 들었다. 아버지의 뜻을 알 리 없는 이 바보 같은 아이는 마지막까지도 채집자로서 헌신을 다하려고 했다. 도망가라 외칠 시간조차 부족한 이 찰나에.

번개를 맞으면 연두는 반드시 죽는다. 번개를 맞고 살아남은 네오인은 단 한 명도 없었다.

도망가려던 발을 멈추고 모든 힘을 모아 연두를 밀쳤다. 암석 바깥으로 튕겨진 연두가 흙바닥 위를 굴렀다.

"안 돼!"

그리고 번개가 떨어졌다. 한순간이었다. 내 모든 것을 엿들은 아버지는 내가 있는 위치를 정확히 조준했다. 번쩍하고 온 세계가 밝아지더니 가늠하기 어려운 전류가 나를 채웠다. 그 맹렬한 힘이 남긴 것은 아프다거나 찌릿하다는 느낌이 아니었다. 연약한 점막으로 이뤄진 장기가 터지고 혈관이 찢기는 고통. 사지가 바싹 익는 열통. 하얀성에 머물며 내 안에 배었던 한기가 말소됐다.

죽을 순간이 오면 삶이 주마등처럼 스쳐 지나간다던데, 시야도 다 타 버린 건지 아무것도 보이지 않았다. 다만 녹색 머리카락 정도는 보였다. 과거를 되새김질하는 일보다야 더 좋은 풍경이었다.

"일록!"

뒤늦게 다가온 백금과 연두가 내 몸을 감싸 겨우 일으켰다. 나의 벌어진 입 틈새로 뜨거운 연기가 뿜어져 나왔다. 구워진 온몸에서 불타 죽은 곤충의 냄새가 났다.

이렇게 내 쓰임은 소멸하는 것일까. 오직 누군가를 살리기 위해 지난 시간을 허비해 왔다. 아버지는 약속했지. 궁극의 원천을 얻게 해 주면 한 사람을 더 데려올 수 있게 해 주겠다고. 그 한 가지 약속은, 내게 모든 것을 약속하는 것과 다름이 없었다.

"이걸 주려고……."

그리워했던 손에다 과거를 팔아 만든 두 가지의 물품을 쥐여 주었다. 처음부터 끝까지 내 모든 선택과 결과에는 한 사람만 있었다. 오래 살고 싶다던, 오래 살아남기에는 지나치게 애매모호했던 아이가.

번개가 물러가니 하늘이 비를 쏟았다. 과거의 그날처럼 폭우였다. 나는 연두의 젖은 손을 간신히 잡았다. 안녕을 말하는 순간에는 거짓이 없기를.

"너는 살아. 오래, 행복하게."

그러자 빛이
생기니

다시 주홍의 여름

1

세계의 끝으로 가는 피난이 시작됐다.

랑데부를 등지고 나아가는 일. 우리가 절대 원하지 않고, 마음에서 배제했던 곳에 미래가 있었다. 세상에서 도려내진 무한한 어둠을 향해 걸었다.

지도를 따라 마을 사람들을 인솔하여 숲을 지나고 강을 건넜다. 독침을 가진 곤충들이 즐비했으며 많은 위험이 도사렸다. 한 걸음을 내디딜 때마다 사람들은 공포에 탄식을 터뜨렸다. 그래도 가야만 했다.

"주홍아, 정말 이 붉은 매듭을 믿어도 되는 거니?"

"지금으로서는 믿을 수밖에 없어요."

"이게 우리들을 위험으로 몰아넣는 것이면 어쩌려고?"

"그렇다고 매듭이 없는 방향으로 갈 이유 또한 없어요."

지도는 불완전했다. 실제 지형과 차이가 있었으며 갈림길이 나올 때마다 어디로 가야 하는지 표시도 없었다. 그런데 희한한 것이, 누군가가 나무에다 붉은 매듭을 묶어 놓았다. 어떤 매듭은 오른쪽에, 또 어떤 매듭은 왼쪽에. 마치 잘 따라오라 인도하는 신호 같았다. 물론 그것이 옳은 길로 이끈다는 보장은 없었다.

시간을 지체해선 안 됐고 우리는 계속 선택해야만 했다. 언어란 눈으로 보고 마음으로 해석하는 것. 그렇다면 눈에 보이는 붉은 매듭 또한 하나의 언어일 가능성이 있었다. 언젠가 이록의 어머니가 잘 모르는 것을 보아도 믿고 나아가라 했으니 지금은 믿는 게 최선이었다. 이것은 부정확한 상황과, 불분명한 신호와, 불확실한 미래를 향한 족장으로서의 선택이었다.

울창한 산림이 랑데부의 찬란한 빛을 조금씩 삼키니 빛과 절연한 세계가 가까워졌다. 일조량이 줄어듦에 따라 식물의 크기는 작아졌고 지표면 온도도 낮아졌다. 더위에만 익숙했던 미미족 일부는 추위에 떨기도 했다.

"우리 정말 살 수 있는 거니? 너무 무서워……."

"가는 동안 또 재해가 일어나면 어떡해?"

"이 피난을 족장인 네가 책임져야 해."

"주홍아, 우리는 살고 싶단다."

주홍아, 주홍아. 미지의 영역에 다가갈수록 사람들의 근심은 더욱 커졌다. 어떤 여자의 염세와 어떤 남자의 불평과 어떤 아이의 곡소리가 등에 주렁주렁 매달렸다. 나를 떠난 말들은 돌아올 때 원망과 의심으로 옷을 갈아입었다. 사람들의 눈에 나는 열일곱 살의 아이가 아니었고, 모든 것을 책임질 결정권자이기만 했다.

엄마 아빠라면 이럴 때 어떻게 했을까. 강인한 몸을 타고났다는 이유만으로 약한 사람들의 의심을 떠안는 건 고된 일이었다. 소리를 지르고 싶었다. 깎인 절벽을 건너고, 가시 돋친 독초들을 피하고, 커다란 곤충으로부터 사람들을 보호하기보다 차라리 다 끝났다며 주저앉고만 싶었다.

이 지도가 거짓이면 어떡하지? 가는 동안 두두족이 재해를 내리면 어떡하지? 백금과 연두는 무사히 돌아올까? 꼬리에 꼬리를 무는 걱정에 어금니가 부서질 만큼 입을 세게 다물었다. 강한 내가 두려워하면 약한 사람들은 공포에 잡아먹힐 것이다. 그러니 나만큼은 두려워도 두려워해선 안 됐다. *"누군가는 해야 해."* 엄마의 음성이 귓가에 들렸다.

"주홍아, 왜 머뭇거리니? 역시 이 길이 아닌 거지?"

"왜 갑자기 주저하느냔 말이야. 잘못된 길로 들어서 그래?"

"그렇다면 책임을 져야지! 우린 다 너를 따라왔단 말이야!"

주홍아, 주홍아. 끔찍했다. 사람들의 목소리는 이제 하나도 들리지 않았다. 같은 이름을 불러 줬던 이록의 목소리만 곱씹었다. 그 아이는 나를 떠났고, 나는 그 아이를 끝내 설득하지 못했다.

"머리 아프니깐 그만……."

숲은 울창했다. 사방이 말 없는 신이었다. 향기에도 부피가 있다면 이것은 필히 고래보다 두꺼운 몸통. 두툼하고 습한 초록의 손길이 머리를 짓눌렀다. 어디로 가야 하는지, 어디가 옳은지 숲은 알려 주지 않았다. 스사락거리는 소리가 반복되고 집채만 한 매미들이 날아올랐다.

눈앞에 또다시 갈림길이 나왔고 붉은 매듭이 보였다. 매듭이 자신을 선택하라 속삭였다. 하지만 잘못된 속삭임이라면? 동족의 걱정대로 모든 게 틀렸다면? 내게 주어진 선택지 중에 애초에 정답이 하나도 없었다면? **이 모든 게 결국 노력이 아닌 운의 영역이라면?**

"어서 안 가고 뭐 해."

둥근 어깨를 감싸는 손길이 느껴졌다. 크고 따뜻했다. 허리를 구부정하게 숙이고 있다가 곤추세워 보니 백금이 서 있었다.

"합류한다고 약속했잖아."

무사히 돌아온 백금이 연두를 업고선 가쁜 숨을 몰아쉬었다. 벅찬 마음에 백금을 끌어안았다. 혹시 몰라 주변을 살폈으나 이록은 없었다. 백금은 나의 마음을 눈치챘는지 말없이 연두를 등에서 내렸다.

"주홍아, 혼자 많이 힘들었지?"

"살아 돌아와서 다행이야. 네가 번개를 맞았으면 어떡하나 걱정했어."

"나는 살았어……."

연두는 무사히 피난 대열에 합류했음에도 기뻐하지 않았다. 엄지 두덩으로 눈가를 연거푸 닦았는데, 자그마한 물방울이 맺히려다 금방 사라졌다. 백금이 낮은 목소리로 설명했다.

"일록이 연두를 구했어."

"일록이? 그럼 우리가 피난을 시작했다는 사실을 알겠네? 그 자식이 또 어떤 짓을 하던?"

"죽었어."

"뭐?"

"그 형은 영원히 못 돌아와."

백금이 연두의 눈치를 살피다 더 말을 잇지 않았다. 연두는 나지막이 자신은 한순간도 배신당한 적이 없었다는 말을 끝으로 더 발언하지 않았다. 손에 쥐고 있는 것은 처음 보는 001-02-01번 글러브와 보석같이 매끈한 조약돌 하나였다. 영문을 알 수 없었으나 일단 여기에서 더 캐물을 건 아니었다.

우리는 다시 길을 떠났다. 백금이 후열에 서고 연두가 중반에, 내가 선두를 서 드디어 피난 행렬이 완성됐다. 우리 사이의 거리만큼이나 정보의 공백이 존재했다. 일록이 왜 죽었는지, 무슨 일이 있었는지, 그렇다면 이록은 무사한지 무엇도 알지 못했다.

나는 이록을 생각하며 지도와 함께 챙긴 예언서를 살폈다. 모든 것이 물음표투성이였다. 분명 예언은 일억 번째 여름과 우리의 멸망에 관하여 중요한 단서를 제공한다. 지금으로서는 오래전에 해독된 문장인 '일억 번째 여름이 오면 낡은 한 종족은 멸망한다'만이 유일하게 확실했다. 종이를 잘 접어 바지 주머니에 넣었다.

하염없이 걸었다. 먼발치에 숲 지대가 끝나는 공간이 나타나기 시작했다. 그림자만 춤을 추는 광활한 어둠의 품이자 랑데부와 눈 맞춤을 거절하는 행성의 뒤통수. 드디어 우리의 도착지가 육안으로 보였다.

"주홍, 저길 봐!"

그때 백금이 다급히 옆을 가리켰다. 크고 우람한 산꼭대기에서 연기가 뿜어져 나왔다.

"설마……."

사람들이 손과 발을 떨며 두려움에 잠식됐다. 픽픽 주저앉아 버린 그들을 일으키려 했지만, 절망으로 덩어리진 사람들은 자꾸만 내게 무섭다는 말을 반복했다. 나 또한 느낄 수 있었다. 코끝이 시큰해지고, 귀가 먹먹했다. 손과 발끝이 타는 듯이 뜨거워지는 이 촉감. 산의 머리 위로 피어오르는 연기. 달아나는 산새와 곤충들. 불운이 기상하고 있었다. 운명은 이토록 다급한 순간에도 송곳니를 숨길 줄 모르는 맹수였다.

백금이 달려오며 소리쳤다.

"그들이 오고 있어!"

어쩌면 우리가 마지막으로 시험에 들 시간이었다.

*

화산 폭발이었다. 땅과 하늘이 콰르릉거리며 미친 듯이 진동했다. 산이 펑 하고 머리를 터뜨리자 뜨거운 용암과 암석들이 사방으로 비처럼 쏟아졌으며 어마어마한 잿가루가 분출됐다. 자연은 선언 없이 혁명의 신호탄을 쏘아 올렸다. 거기서 끝이 아니었다. 메탈 백마를 탄 두두족 기사들까지 달려오고 있었다.

"미미족 놈들을 모두 죽여라!"

가장 크고 아름다운 백마를 탄 사내가 소리쳤다. 두두족의 족장이었다. 백금과 연두, 그리고 나는 사람들에게 재빨리 행성의 뒤통수로 가 숨으라 소리쳤다. 기사들은 우리가 태어나서 처음 보는 무서운 무기들을 조준했다. 총 같았지만 총이 아니었고, 활 같았지만 활도 아니었다.

알지 못하는 지식과 알지 못하는 기술로 만들어진, 알지 못하는 형태의 위협. 이제 그것을 묘사하는 일은 영 쓸모가 없었다.

"미미족을 죽여야 우리가 멸망을 피한다! 죽여라!"

두두족 족장이 구호를 내지르자 등 뒤에서 폭격이 쏟아졌다. 그러나 화산 폭발로 대지가 진동하는 까닭에 명중률은 현저히 낮았다. 몇몇의 미미족 사람들이 쓰러지고, 다치고, 죽었다.

전쟁인가? 아니었다. 이것은 학살이었다. 우리를 쫓는 메탈 백마와 화산 폭발은 서로 다투기라도 하는 것처럼 격렬해졌다. 잿가루로 장식된 아비규환이었다.

뭔가 이상했다.

어째서 두두족이 자연재해를 동반하며 나타난 것이지? 화산이 폭발하면 그들도 큰 위험에 처할 텐데? 달아나는 와중에 고개를 돌려 족장을 노려보았다. 그 뒤에 누군가가 반쯤 죽어 있는 얼굴로 업혀 있었다. 시든 꽃같이 병든 이록이었다.

"당장 피난을 멈춰. 그러지 않으면 네 눈앞에서 죽이겠어!"

족장이 뒤에 태운 이록의 옷깃을 콱 쥐어 당겼다. 그러는 사이에 미미족은 서둘러 달아났고, 산이 뿜는 돌덩이가 몇몇 두두족 기사들을 짓뭉개 죽였다. 연두가 잠깐 멈칫하던 나의 손을 다급히 잡았다.

"주홍아, 아무래도 이 화산은 저들의 뜻이 아닌 것 같아."

"두두족이 일으킨 게 아니라면……."

"진짜로 자연재해인 거야. 저들도 못 멈춰. 당장 달아나야 해!"

"하지만 이록이 저기에 있어."

손가락으로 이록을 가리켰다. 한때 내 등에만 업혀 있던 아이는 엉뚱한 등에서 가늘게 실눈을 뜨고 괴로워했다. 연두가 고개를 젓더니 지금은 저기 있는 아이까지 생각할 때가 아니라고 다그쳤다.

"우리라도 살아야 해."

"안 돼. 이록을 인질로 잡고 있잖아!"

"저 아이가 죽는다 해도 우리가 다 살면 괜찮아."

연두의 말에 고개가 끄덕여지질 않았다.

"저 아이는 나한테 일록 같은 사람이야."

연두는 대답하지 못했다. 우리에겐 지키고 싶은 사람이 있다. 때때로 그 사람은 타인에게 지킬 가치가 작은 사람이기도 했다. 지키고 싶다는 바람은 언제나 상대적이었다.

그리고 나는 이 상대성을 타협할 마음이 없었다.

"먼저 가. 나는 이록을 구하고 갈게."

"미친 짓이야! 두두족 족장과 함께 있다고."

"너도 오늘 미친 짓 하고 왔잖아."

연두의 손을 낚아채 보관하고 있던 벙커 지도를 쥐여 주었다.

"방향대로 가면 돼. 낯선 것들을 믿으면서."

다른 사람들에게 연두를 부탁했다. 그들은 달음박질치며 연두의 팔목을 재빨리 낚아채더니 함께 질주했다. 연두도 제 발이 앞사람의 속력에 맞추어 움직이는 걸 멈추지 못했다. 산이 울부짖고 대기가 뜨거워졌다. 살고 싶어 하는 사람들은 모두 도망갔다. 뒤에서 허탕을 치던 두두족 기사들 중 일부는 처음 경험하는 자연의 진노에 질겁하여 달아나기도 했다. 족장은 이에 격분했다.

"뭐 하는 거야! 당장 미미족을 전부 데려와!"

나는 발 빠르게 바오바브나무 기둥 뒤에 숨었다. 숲의 지형을 알지 못하는 기사들이 사방에다 무기를 난사했으나 고등한 지식은 끝내 우직한 역사를 뚫지 못했다. 백금도 나를 따라 일억 년을 산 나무 기둥 뒤에 은신했다. 다행히 소수의 죽은 미미족을 제외하곤, 모두가 행성의 뒤통수로 달아나는 일에 성공했다.

두두족 족장은 이록의 몸을 앞으로 끌어와 팔뚝으로 휘감더니 관자놀이에다 무기를 겨눴다.

"네 선택이 이록의 머리에 구멍을 뚫겠지."

"그 아이는 당신의 아들이에요!"

"난 배신자 따위를 아들로 둔 적 없다."

무성한 수풀 사이로 족장을 살폈다. 늘 입고 있는 검은 의복 사이로 힐끔 보인 피부가 수상했다. 새빨갛게 물들었고, 끈적한 액체로 뒤덮였다. 피 같기도 했고 고름 같기도 했다. 다른 기사들도 마찬가지였다. 살짝씩 보이는 피부들이 하나같이 엉망이었다. 급기야 각혈을 하며 낙마하기도 했다.

족장은 초조함에 미치기 일보 직전이었다.

"네가 이록과 계략을 짠 거지? 용서치 않겠어."

또다시 천지가 진동했다. 숨어 있던 백금이 재빨리 곁으로 왔다. 우리는 같은 나무 기둥 뒤에서 만났다. 백금이 내 팔을 끌고 가려 하기에 손을 뿌리쳤다.

"당장 떠나야 해."

"백금아, 저기에 이록이 있어."

"발밑을 봐. 시간이 없어."

"알아. 화산 때문에 급하다는 거. 하지만 이록의 목숨과 바꿀 수 있는 시급한 일은 없어."

"무리야."

"무리가 아니야. 어떻게 동족을 살리는 게 무리가 될 수 있어?"

백금이 고개를 저었다. 억지로라도 나를 데리고 달아나려 했다. 자꾸만 땅이 흔들렸고, 재가 세상을 덮어 버리니 모든 것이 회색빛으로 오염됐다. 발아래 지표면이 뜨끈했다. 곧 마그마가 분출될지도 몰랐지만 무섭지 않았다. 이건 우리에게 기회가 될 것이다.

"내가 주의를 끌 테니 이록을 구해서 달아나 줘. 족장이 지금 나에게 무척 화가 났으니, 나로 허점을 만들 수 있을 거야."

"싫어."

"싫고 좋고 없어. 따라 줘. 난 아직 족장이고 너는 내 동료니까."

백금이 부탁을 들어주지 않으려 하기에 간곡히 손을 감쌌다.

"너는 누구나 구할 수 있을 만큼 강하잖아. 그러니 나를 살리려 하지 말고 제일 약한 저 아이를 살려 줘……."

"족장인 네가 살아야지!"

"족장은 희생하는 사람이랬어."

이록을 지키고 싶은 마음이 목을 모두 채우고도 넘쳐나 나는 구걸하듯이 호소했다. 백금은 간절함을 듣고도 못 들은 척을 하기에는 착한 동료였다. 나는 끝내 흙바닥 위에 무릎을 꿇었다. 백금이 주먹을 꽉 쥐더니 아랫입술을 피가 날 때까지 깨물었다. 이윽고 백금은 분을 참지 못해 나무 기둥을 쾅 치며 읊조렸다.

"늘 이런 식이지."

겨우 얻어 낸 동의였다. 우리는 서로 다른 방향으로 뛰어갔고, 나는 두두족 족장을 도발하며 그가 있는 곳을 향해 돌을 던졌다. 족장은 당연히 나를 잡기 위해 소리가 들린 방향으로 무기를 난사했다. 그들의 찬란한 지성과 문명이 담긴 형형색색의 죽음들이 오직 초록일 뿐인 잎사귀를 스쳤다. 토네이도를 채집할 때처럼 바람을 타는 감각으로 빠르게 숲을 누비며 주의를 끌었다.

"미미족이 살아남아 봤자 무슨 의미가 있지? 이 별은 멍청한 자들을 위해 만들어지지 않았다. 고대 선조들이 멸망한 이유가 뭔지 아나? 그들이 덜 똑똑했기 때문이다. 결국 세상은 지성이 높은 자들의 것이고 고등한 생명체만이 영생을 얻는다."

"영생은 실존하지 않고, 우리는 열등하지 않아요."

두두족 기사들의 대열이 크게 흐트러졌다. 점점 더 흔들림의 강도는 세졌다. 산의 경사면을 따라 마그마가 흘렀으며 불에 탄 가지와 암석들이 산사태와 함께 쏟아졌다. 사방에서 무거운 유황 냄새가 났다. 자연재해에 익숙하지 않은 기사들은 금방 호흡에 문제를 느끼곤 코와 입을 틀어막았다.

"식량을 줬던 은혜를 잊고 감히 우리에게⋯⋯."

두두족 족장 또한 호흡이 곤란해졌는지 심히 기침했다. 자기 목을 감싸며 아파하는 동안 이록을 붙잡던 한쪽 손을 풀었고, 그 아이는 낙마했다. 혼란한 틈을 타 백금이 재빨리 보석을 훔치듯 이록을 업었다. 우리는 나무 기둥 뒤로 가 다시 은신했다.

이록의 상태를 확인했다. 피부가 온전치 않았다. 숨이 가쁜지 나를 보고도 힘겹게 헐떡일 뿐 오랜만이란 인사조차 하지 못했다. 허리춤에 차고 있던 물병을 열어 이록의 입을 적셨다.

"오늘은 내가 아니라 백금이 네 다리야. 친해지고 싶어 했잖아. 그렇지?"

이록은 간신히 고개를 끄덕이더니 힘이 다 빠진 듯 정신을 잃었다. 은신한 나무를 향해 탄환이 쏟아졌다.

나는 백금에게 당장 이록을 데리고 행성의 뒤통수를 향해 힘껏 달아날 것을 지시했다. 두두족의 시선만 분산시킨 다음 금방 따라가겠다고 약속했다. 백금은 망설였지만 내가 어차피 자기 말을 듣지 않을 걸 알았다.

나무 기둥을 기어코 관통한 탄환 하나가 백금의 허벅지에 꽂혔다. 백금은 단말마를 내뱉더니 주저앉았고, 업혀 있던 이록이 굴러떨어졌다. 나는 재빨리 근처의 수풀을 끌어다 덮어 둘을 숨겼다. 그리고 몸을 노출해 나만 여기에 있었던 척을 했다.

시간이 없었다. 빨리 두두족의 훼방을 저지하고 이록과 백금을 데리고 행성의 뒤통수로 가야만 했다.

"좋아요. 협상을 하고 싶거든 나랑 대화를 하자고요."

발바닥이 미친 듯이 가려웠다.

2

무기를 내려놓으라 지시했다. 내가 조금이라도 다칠 시 대화는 무산되며 달아난 미미족이 어디로 갔는지도 절대 알 수 없으리라 겁을 주니 두두족 족장은 마지못해 기사들에게 사격 중지를 명령했다.

"감히 협상을 논해? 네가 우리에게 요구할 건 없어. 당장 미미족을 다 데려오는 일 말고는."

"대화로 풀어요."

"건방진 소리 하지 마!"

발바닥이 거슬렸다. 손바닥도 가려웠다. 피부를 잎사귀 뒷면으로 문지르는 듯이 까슬까슬한 이 느낌. 감각에 집중하며 족장을 천천히 옆 지대로 유인했다. 서슬 퍼런 눈이 살기에 찬 곤충의 다리 표면처럼 빛났다. 누가 잡아먹고 누가 잡아먹힐지를 결정하는 사마귀 한 쌍처럼 우리는 긴장 속에서 동태를 살폈다.

점점 더 그의 피부가 자세히 보였는데 피고름과 진물이 섞여 흐르고 있었다.

"우리가 궁극의 원천까지 모두 양보했는데 어째서 멸족시키려 하죠? 그 에너지만 있으면 당신들은 하얀성 안에서 안전하게 살 수 있잖아요."

"쓰레기 같은 너희가 잔머리만 굴리지 않았다면 말이지."

두두족 족장이 호통을 치며 얼굴을 가리고 있던 천을 모두 들췄다. 여린 피부가 비로소 보였는데, 엉망진창이었다. 눈두덩이가 녹아 눈알이 일부 노출됐으며 콧구멍도 기괴하게 확장되어 있었다. 뺨 언저리의 피부는 되직한 쌀알처럼 끈적하게 늘어져 도저히 사람의 살로 보이지 않았다. 꿈속에서나 볼 법한 괴물도 지금의 족장처럼 흉측하지는 않을 것이다.

"당신 얼굴이······."

"네가 이록에게 콜로나에 있던 것을 두두족에게 주라고 지시했지?"

"무슨 소리예요? 궁극의 원천을 가져오라고 지시한 건 다름 아닌 당신이에요."

"내가 지시한 건 고대 선조들이 남긴 진짜 궁극의 원천이자 귀중한 에너지였지, 이게 아니야!"

"콜로나에서 발견된 게 궁극의 원천이 아니었단 말이에요?"

발바닥이 가렵다 못해 뜨거워지는 느낌. 발목을 타고 종아리 위까지 올라오는 위협적인 증기. 살결이 미세하게 떨리는 진동. 때가 오고 있었다. 곧 시작될 것이다.

족장의 아랫입술을 타고 진물이 흘러내렸다. 그가 온 얼굴로 우는 것 같았다.

"너흰 우리에게 역병을 줬어!"

죽어 간 조상들은 말했지. 누구도 자연을 이길 수가 없노라고. 그 죽음에는 이유가 없다고 했다. 원한이 없고, 증오가 없어 순수하니 너무 오래 슬퍼하지 말라. 선량한 자들의 목숨이 아깝고 그리워도 어찌할 수가 없으니 살아남은 자들이라도 강해져야 한다고 했다. 반면에 자연이 아닌 것에 의한 죽음에는 이유가 있다. 원한이 있고, 증오가 있다. 그러므로 타인에 의한 죽음은 불순하다.

감사하라. 자연에 의해 죽는 자들로 살아감에 기뻐하라. 타오르는 랑데부의 빛 아래에서 우리의 피부는 질겨지고, 튼튼해지고, 어떤 할큄에도 쉽게 피 흘리지 않게 됐다. 기민한 감각으로 세계의 속삭임을 듣게 됐으니 반드시 이를 써먹을 일이 있을 거라 했다.

나의 부모가, 부모의 부모가, 수백 년 전의 조상들 모두가 여름 속에 살며 우리는 열을 견뎌 왔다. 뜨거운 것을 두려워하지 않기. 그토록 끈질긴 가르침을 답습해 왔다.

"진짜 궁극의 원천은 어디에 있어? 네년이 빼돌렸지?"

그러니 지금부터는 운의 영역이 아니어야만 한다. 여기서부터 우리는 공평하게 노력의 영역에 놓일 것이다.

"족장님, 땅이 흔들립니다!"

"균형을 잡기가……. 앗!"

"족장님! 살려 주세요!"

대지에 균열이 일어나고 아래에서 천불 같은 김이 피어올랐다. 화산이 동반한 강진이었다. 나무가 쓰러지고 돌덩이가 아래로 가라앉았으며, 온 땅이 얇은 종이처럼 조각조각 찢겼다. 이들을 숲 지대 중 가장 위험한 곳으로 유인한 보람이 있었다. 이윽고 대지 틈 사이에서 마그마가 새빨간 파도처럼 솟구쳤다. 메탈 백마의 아름다운 다리가 속절없이 타 버렸고, 두 두족 기사들이 비명과 함께 추락했다.

족장도 낙마하여 몸을 휘청였다. 그는 안간힘을 쓰며 지진을 뚫고 내게 접근하려 했다.

"일억 번째 여름이 선택한 건 아무래도 미미족이 아닌가 보군요."

"진짜 궁극의 원천을 어디에 빼돌렸는지나 말해!"

"그건……."

노력의 영역. 자연재해 현장에서 수없이 다쳤던 일을 복기하며, 재해의 감각에 따라 움직였다. 지진을 피해 달아났고, 마그마에 털끝 하나 허락지 않았다. 자연은 무심하기에 나를 배신하지 않았다.

"……지옥에다 물어보세요!"

우렁찬 굉음이 나더니 족장은 갈라진 땅 아래로 매장됐다. 후두두 떨어지는 대지의 조각들이 그의 몸을 짓밟는 소리가 났다. 기사들도 전멸하는 중이었다. 나는 노련하게 위험한 땅들을 피해 도망쳤다. 한평생 달아나는 존재로 훈련시켜 준 게 고마울 따름이었다.

이록을 부축 중인 백금이 선 땅에도 균열이 생겼다.

"백금! 빨리 내 손을 잡아!"

다급히 팔을 내밀었다. 진동이 거세져 균형을 잡기 몹시 힘들었다. 이록을 보호하고 있던 백금은 몸을 쉬이 가누지 못했다.

땅이 훅 꺼졌다. 평지가 절벽으로 바뀌니 백금과 나 사이에 한순간에 단차가 생겼다. 이대로는 이록과 백금 둘 다 매장될 가능성이 컸다.

"주홍, 가까이 오지 마!"

"빨리 손을 잡……."

백금이 이록을 힘껏 들더니 몸째로 나를 향해 던졌다. 공을 받듯이 이록을 감싸안으며 나는 뒤로 넘어졌다. 균열이 없는 대지에 일단 눕힌 다음 서둘러 백금을 향해 다시 손을 내밀었고, 백금도 글러브를 낀 손을 뻗어 나를 붙잡았다. 아직 늦지 않았다.

매장되지 않은 두두족 기사 한 명이 뒤에서 무기를 집어 들었다. 그는 백금과 같은 땅 조각을 밟고 있었다. 백금이 뒤를 돌아보자 기사가 중심을 못 잡는 와중에도 나를 죽이려고 무기를 조준했다. 나는 서둘러 백금을 가라앉는 땅으로부터 올리고자 붙잡은 손에 힘을 꽉 주었다.

"신경 쓰지 말고 빨리 올라와!"

두두족의 기사가 방아쇠를 당기기 직전이었다.

"주홍, 알아 뒀으면 해."

있는 힘껏 손을 잡아당기는데도 백금은 전혀 움직이질 않았다. 그가 나보다 무거워서는 아니었다.

"희생은 혼자 하는 게 아냐."

백금은 채집자가 된 이래로 한 번도 벗은 적이 없는 글러브를 벗었다. 내 손안에는 벗겨진 뱀 허물 같은 글러브만 남았고 백금은 두두족 기사를 향해 몸을 던졌다. 발포 소리가 들렸고, 땅은 그대로 침강했다. 나의 오랜 친구는 그렇게 내 눈앞에서 사라졌다.

*

화산재가 세상을 덮기 전에 얼른 벙커로 향해야만 했다. 땅이 화를 뿜어내듯 내 안에서 솟구치려는 뭔가를 간신히 삼켜내며 이록을 업었다. 업힌 이록의 다리는 시큼한 악취가 나는 진물로 뒤범벅돼 미끌미끌했다. 족장은 분명 궁극의 원천이 역병이라고 했지. 그렇다면 이록도 역병에 걸린 걸까? 오랜만에 등에 얹힌 삶 하나가, 내가 떠나보냈던 때보다 가벼워졌다는 사실이 원통했다.

서둘러 숲을 빠져나갔다. 폭음을 내뱉으며 진노하는 화산이 아스라이 멀어져 갔다. 행성의 뒤통수 영역에 진입했다. 어둠뿐인 세상인데 땅 위에 무언가가 흩뿌려져 있어 내려다보니 빛나는 꽃잎들이었다. 마치 랑데부의 조각을 어둠 속에다 심은 것 같았다. 수상하여 하나를 주워 확인했다. 우리가 쓸모없는 꽃이라 믿었던, 다름 아닌 어둠꽃 잎이었다.

먼저 떠난 연두가 길을 안내해 주기 위해 표지를 남겨 둔 것이 틀림없었다. 야광 꽃잎들을 따라 길을 나아갔다. 여전히 등 뒤에서는 지진과 화산으로 인한 굉음이 쏟아졌다.

"드디어 끝났구나……."

이록이 겨우 의식을 되찾고 말을 건넸다.

"정신이 들어?"

"겨우 드네. 백금 형은?"

나는 백금의 선택을 설명하지 못했다. 억지로라도 슬퍼하지 않는 게 최선의 반응이었다. 내가 울면 네가 더 슬퍼질 테니까. 일단은 다른 이야기를 하는 게 차라리 나았다.

"너 피부가 왜 이래? 하얀성에서 무슨 일이 있었던 거야?"

업힌 이록이 나의 목을 간신히 끌어안고는 짧게 신음했다. 저 멀리에선 미리 도착해 우리를 간절히 기다리는 연두와 미미족 사람들이 보였다. 그들은 손목에다 어둠꽃을 묶고 흔들었다. 뒤로는 요새같이 커다란 돔형의 구조물이 보였다. 벙커!
정말로 실존했다.

심지어 연두의 곁에는…… 죽은 줄 알았던 이록의 어머니
까지 있었다.

"저길 봐! 네 어머니야!"

"찾아내셨구나……. 다행이야."

"너한테 소중한 사람들 다 저기에 있어. 뭔진 몰라도 병도
낫게 해 줄게."

업은 채로 얼핏 살핀 이록의 다리가 이상했다. 피부가 낡은
나무 가죽처럼 죽죽 벗겨지니 상태가 점점 악화됐다. 이록을
업고 있는 내 팔 위에도 몸에서 새어 나오는 끈적한 진물이 가
득했다. 반면 이록은 어머니의 생존만으로도 안도가 되는지
길고 다정한 숨을 쉬었다.

"누나, 한 번밖에 설명해 줄 수 없을 것 같아. 잘 들어야
해……."

이록이 꺼지기 직전의 촛불 같은 목소리로 간신히 설명했
다. 이어진 이야기는 어머니가 지진으로 마을에서 사라진 뒤
의 상황이었다. 혼신의 힘을 다해 과거로 거슬러 올라간 아이
의 목소리를 나는 감히 저지할 수 없었다.

그 당시 이록이 어머니의 유품을 정리하다 발견한 메모에
는 이런 말이 있었다고 한다.

'궁극의 원천은 전부 네 아버지에게 주어라.'

이록은 콜로나를 시찰하며 수상함을 감지했다. 콜로나 벽에 새겨진 선조들의 메시지에는 다음 콜로나에 대한 위치뿐아니라 여러 언어로 강조되는 말이 있었다.

마지막 콜로나에 있는 건 결코 좋은 것이 아닙니다.

이록은 선조들의 경고를 완벽히 해석하기 전까지 누구에게도 섣불리 발설하지 않았다. 또한 내가 마지막 콜로나까지는 따라오지 못하게끔 기계 발을 요청하여 나를 밀어내는 조치를 취했다. 여기서부터 이록의 거짓말이 시작됐다. 모든 걸 있는 그대로 설명하면, 내가 걱정하여 자신도 콜로나에 가겠다고 할까 봐 그랬다며.

마지막에서야 이록은 선조들이 콜로나를 수백 개씩 만들어놓으며 후손을 미로에 가두려 했던 이유를 깨달았다. 우리가 찾으려 했던 궁극의 원천이 무엇이었는지도.

헐떡이면서도 힘을 쥐어짜 내게 닿으려는 이록의 목소리에는 버거운 진실이 있었다.

"고대 선조들이 최후의 콜로나에 적어 두었어. 아주 먼 옛날 어떤 에너지를 발명하고 이용하려 했지만, 그 에너지의 힘이 너무 막강하여 전쟁과 이상 기후를 초래하고 말았대. 그런데 그 잔여물을 없애는 방법을 알아내지 못해 깊이 숨겨야만했어. **방사성 폐기물.** 그게 궁극의 원천이 가진 진짜 이름이었어. 콜로나라는 것은 세상을 변혁할 힘을 숨긴 곳이 아니라 방사능이라는 고대의 위험을 밀폐해 둔 곳이었던 거야. 봉인을 풀 시에 죽음이 퍼진다고 했어⋯⋯. 그 물질에 닿으면 염색체가 조각조각 찢어진대. 피부가 모두 벗겨져도 재생하질 못해. 콜로나 근처의 폭포 물이 이상했던 것도 그 때문이었어. 선조들은 후손들이 욕심에 눈이 멀어 진실을 무시할 걸 예측하고 수백 개의 콜로나를 만들어 거듭 경고했던 거야. 그 대신에 선조들은 대안도 함께 남겨 두었어. 그게 바로 지하 벙커였어. 하나는 죽이는 것, 또 하나는 살리는 것. 모든 건 연결되어 있었어⋯⋯. 나는 두두족을 멸망시키기 위해 방사성 폐기물을 순순히 주었어. 그러려면 나의 오염 또한 불가피했어⋯⋯."

이록의 호흡이 가빠졌다. 기침할 때마다 내 팔을 타고 피가 흘렀다. 이게 다 무슨 소리란 말인가. 업고 있던 이록을 바닥에 내려놓고 뺨을 감쌌다. 아이의 검은 눈이 자꾸만 감겼다. 얇아진 피부가 걷잡을 수 없이 녹아내렸다. 파도가 오지 않아도 스스로 무너지는 모래성처럼.

"누가 너한테 혼자 그런 일을 하라고 했어? 우리도 있는데 왜!"

쌕쌕거리는 숨소리. 깊은 잠을 잘 때나 들리던 소리. 마음 같아서는 몸을 세게 흔들어 정신을 차리게 만들고 싶었으나 그러지 못했다. 조금이라도 더 몰아세우면, 정말로 가루가 되어 대기 중으로 흩어져 버릴 것만 같았다. 겨우 만났는데. 이제 다 끝났는데.

"정신을 잃으면 안 돼. 저기에 네 어머니가 계셔. 보고 싶었
잖아? 백금은 널 살리기 위해 죽기까지 했단 말이야. 나는 네
가 살아남길 바라니까 제발……."

이록의 입에서 피가 섞인 거품 침이 줄줄 흘렀다. 여태껏 겪
어 온 모든 재앙보다 더 두려운 것이 눈앞에 펼쳐졌다. 이록의
입을 막고 세게 안아 보기도 했지만, 각혈을 막지는 못했다.

두려워하는 나의 손 위에 이록이 자신의 손을 포갰다.

"나도 그래서 그랬어."

"그래서 그랬다니?"

"살리고 싶은 사람을, 살리고 싶어서 그랬어."

품속의 존재는 써야 할 편지를 다 쓴 아이처럼 홀가분히 웃
었다. 이기적일 만큼 온화해 보이는 이목구비는, 새빨간 피에
도 굴하지 않는 평화를 닮았다. 이록은 이제 작은 도요새가 되
어 날아갈 준비를 했다.

"거짓말을 하며 산다는 건, 정말로 절박한 마음이더라. 나
는 이제 누나를 이해해."

작은 손 하나가 내게서 미끄러지며 추락했다.

"생일 축하해."

그 말을 끝으로 나의 등은 더 이상 피를 토하지 않았다.

3

돔 형태의 벙커 문을 열자 깊은 지하까지 이어지는 계단이 등장했다. 곤히 잠들어 평화를 찾아 떠난 아이를 업고 아래로 향했다. 이록의 어머니는 아들의 상태를 확인했음에도 눈물만큼은 참았다.

끝없는 하강. 우리는 집으로 돌아가는 두더쥐처럼 화산과 지진의 소리가 들리지 않는 곳을 파고들었다. 아주 깊은 곳에 선조들이 만들고 사용하지 못한 지하 벙커가 존재했다. 미리 대피해 기다리고 있던 주민들의 웅성거림이 들려왔다.

어둠꽃이 잔뜩 피어 있어 푸르스름한 빛이 우리를 환영했다. 입구는 낯선 소재로 만들어졌고, 새하얗게 빛났다. 이록의 어머니가 문을 열자, 환한 인공 등으로 에워싸인 공간이 보였다. 수많은 침대가 일렬로 진열되어 있고, 상하지 않는 수프 캔 통조림이 산처럼 쌓여 있었다.

"선조들이 벙커에 반영구 보존이 되는 인공 식량까지 구비해 놨단다. 난 이곳을 발견한 뒤 지하 수관을 찾아 연결해 놓았어. 혼자서 해내느라 한동안은 일록과 만나지도 못했지. 그래도 다 끝났구나. 여기선 화산 폭발이 끝날 때까지 생존이 가능해."

그 말을 듣고서 연두는 울음을 간신히 참으며 나를 얼싸안았다.

침대 위에 이록을 눕혔다. 이록의 어머니는 자식의 가여운 말로를 그제야 슬퍼했다.

"지키지 못해 죄송해요……."

그녀가 죽은 이의 뺨을 어루만졌다. 걱정과 고민에서 달아난 아이는 더 이상 말랑하지도, 보드랍지도 않았다. 인형처럼 뻣뻣하게 굳은 팔을 잡아 보았다. 당장이라도 일어나 주먹밥을 먹자며 장난을 칠 것만 같던 아이는 영구적인 침묵을 선택했다. 내가 울면 곧바로 함께 울어 줄 것만 같던 존재도 빛과 열을 상실하니 바닥에 떨어진 나뭇가지와 다를 바가 없었다. 차가움. 죽음이란 이토록 냉랭했다. 나는 그 아이의 글러브를 벗겨 바닥에 패대기쳤다.

"무언가로 산다는 건 이토록 큰 책임을 지고 사는 일이다. 네가 족장으로 살며 많은 고민을 떠안았듯이, 이 아이도 해독가로 살며 많은 역할을 수행했단다. 그러니 희생을 오직 슬픔으로만 생각하지 않기로 하자. 힘들지만."

어질고 현명한 어른답게 이록의 어머니는 괴로운 상황에서도 침착했고, 난 그 태도가 무척 불쾌했다.

"슬프지도 않으세요? 정작 족장은 저잖아요. 제가 죽었어야 했어요."

셀 수도 없이 많은 죽음을 목격했다. 어떤 죽음은 당혹스러웠고, 어떤 죽음은 슬펐으며, 어떤 죽음은 나를 분노케 했다. 죽음은 언제나 불변하는 결과만을 남겼다. 하나의 생명을 영구적으로 앗아 가면서 남은 자에게 영구적인 절망을 주는, 원치 않는 교환이었다.

두 번 다시 이록과 백금을 보지 못한다. 목소리를 듣지 못하고 눈을 마주할 수 없다. 그들이 우리를 위해 해낸 일들만이 기록이 되고 역사가 될 뿐 함께 미래로 나아가지 못한다. 내 이름 곁에 놓아야 할 두 이름은 이제 존재하지 않는다.

"주홍아, 슬픔만이 추모는 아니란다."

견디기 어려웠다. 이토록 불합리한 일이 어디 있는가. 왜 자연은, 운명은, 누군가를 데려가는 일을 즉흥적으로 결정짓는가. 모든 것이 재앙처럼 시작돼 재앙으로 끝이 났다. 궁극의 원천을 두두족에게 주기 위해 어쩔 수 없이 그 힘에 노출되며 생명과 맞바꾼 이록의 선택은 재앙 그 자체였다.

말릴 수 있었다면. 저지할 수 있었다면. 적어도 눈치라도 챘다면. 달라졌을까?

숨이 숨을 관통했다. 삶이 삶을 스쳐 갔다. 너는 눈을 감고 어디쯤을 날고 있을까. 좋아하던 주먹밥을 실컷 먹고 있을까. 오늘 함께하자고 약속했던 생일 파티는 새하얗게 잊고서.

"어떻게 안 슬퍼해요? 당신은 모든 걸 알고 있었죠? 적어도 이런 상황이 생기지 않게끔 다른 선택을 할 수도 있었잖아요!"

"누군가의 희생이 없이는 불가능했단다."

"왜, 대체 왜, 내 친구들이어야만 했냐고요!"

듣고 싶지 않았다. 어떤 평화에는 희생이 따른다는 말을. 알고 싶지도 않았다. 이록의 어머니가 어떤 결심을 했고, 벙커로 우리를 이끌기 위해 얼마나 오랫동안 기척을 숨기고 동분서 주했는지. 멋대로 선택한 자들의 설명은 변명과 다름없어서, 선택의 여지조차 없었던 사람들에겐 상실감만 줄 뿐이었다.

"미미족의 삶은 아직 끝나지 않았단다. 희생이 절망이 아닌 희망을 남겼단 사실을 보아라."

"희망이 어디에 있어요! 이 벙커에서 천년만년 사는 일요? 두두족이 이록처럼 썩어 문드러져 예언대로 멸종하길 기다리면서?"

"너는 아직 족장이야. 정신을 차려야 해."

"정신 안 차릴래요. 족장도 안 할래요. 나도 죽을래요!"

이록은 내게 어떤 존재였는가. 그는 내 가족이 아니었다. 동생이 아니었고, 연인도 아니었지. 우리는 그저 다리와 등의 관계. 그 이상도 이하도 아니었다. 그런데도 왜 온 육체가 다 아픈 걸까. 왜 이록의 어머니에게 고래고래 소리를 지르지 않으면 참을 수가 없는 걸까.

가능성 때문이었다. 이록과 나는 가족이 될 수 있었다. 남매
처럼 지낼 수 있었고, 다른 것이 될 수도 있었겠지. 백금 또한
마찬가지였다. 우리의 관계에는 언제나 가능성이 존재했고,
죽음이 그것을 송두리째 앗아 갔다. 내 곁에 둬야 할 하나의
세계가 몽땅 사라졌다. 이게 다 이록이 내게서 거짓말을 배웠
기 때문이다. 결국 전부 다 나 때문에…….

"주홍아, 네가 희생하는 사람으로 살아서, 다른 사람들도
너를 위해 희생했단다."

희생. 나는 그 단어가 무서우리만치 싫어서 치를 떨면서도,
그들의 선택이 숭고하다는 존경심을 감출 수 없기에 괴로워
했다. 눈이 새빨개질 때까지 절규하는 내 옆으로 연두가 다가
왔다. 연두는 내 몸의 절반을 감쌌다. 살아 있는 심장으로 공
명하는 동족의 체온이 따뜻했다.

"같이 외로워하자."

어머니가 그랬지. 이 세상은 서로를 보완한다고. 건강한 사
람 곁에 아픈 사람이. 밝은 사람 곁에 어두운 사람이. 굳센 사
람 곁에 약한 사람이 있다. 어쩌다 보니 그렇게 된 것이 아니
다. 대자연이 그들 모두 생존하길 원해서 곁에 두게끔 운명으
로 정해 두었다. 그래서 세상은 하나로 연결되고 낙오된 자 없
이 함께 가는 것. 비로소 끝없이 순환하는 것. 나는 연두의 심
장 소리를 들으며 이록과 백금을 추억했다. 끈질기게 살아남

아 함께 슬퍼할 친구가 아직 곁에 남았다는 사실이 마치 그들의 손처럼 나를 다독였다. 정말이지 슬퍼 참을 수가 없는데, 마음이 점점 더 진정되어 갔다.

그때 무언가를 깨닫고 예언서를 꺼냈다.

$$○ = ●$$
$$△ = ▽$$
$$◁ = ▷$$
$$○ + ● + △ + ▽ + ◁ + ▷ = ◎$$
$$◎ = ♻$$

만약 이 도형이 의미하는 바에 소중한 이들의 죽음을 대입할 수 있다면.

비어 있는 원은 채워진 원과 같고, 위는 아래와 같으며, 왼쪽은 오른쪽과 같다. 서로가 서로를 보완하며 공존한다. 결국 그 모든 것을 더하면 무엇이 되는가. 그것은……. 모든 것의 합은 말 그대로 모든 것, 이 세계였다. 희생을 통해 얻는 것 또한 새로운 삶이었다. 결국 세계는 무한히 순환하기 마련이었다.

"예언의 뜻을 알 것 같아."

이록이 그런 말을 했었지. 언어에는 뿌리가 있다고. 그렇다면 언어에는 반드시 어떠한 '시작'이 있다. 그 시작을 바탕으로 미래까지 연결되며 기다란 끈처럼 나아가는 것. 그리하여 연속된 역사가 되고 시대가 되는 것. 여기까지 오고 나서야 머릿속에 흩어졌던 단서들이 하나로 모아졌다.

"이건 모든 게 하나의 원처럼 돌고 돈다는 말이야. 그렇다면 과거에 일어났던 일이 현재가 되고, 현재가 미래가 돼. 고대 선조들이 경고한 멸망은 자연재해가 아니야. 궁극의 원천으로 역병을 얻어 죽는 일도 아니지."

연두와 이록의 어머니가 고양된 얼굴로 예언의 도형들을 바라봤다.

"순환과 반복! 고대 선조들을 멸망시켰던 사건이 다시 돌아온다는 뜻이야."

연두가 손을 떨며 예언서의 종이를 맞잡았다. '일억 번째 여름이 오면 낡은 한 종족은 반드시 멸망한다.'

"우리 행성의 공전과 자전을 파괴했던 그 무시무시한 사건이 재현된다는 말 아닐까? 소행성 충돌! 선조들은 그 일을 예측하고 지하 벙커를 만들어 뒀던 거야. 하지만 자신들이 쓰는 데는 실패해서 예언만 남기고 멸망했어."

"그러면 우리는 어떻게 되는 거야?"

"벙커를 찾았으니 살아남겠지. 아마 선조들이 벙커를 하나만 남긴 이유는, 이곳에서 한 종족만 살아남길 바란 게 아니라 두 종족이 서로를 보완해서 하나의 새로운 종족으로 결속하길 바란 것 같아. 그들은 그러질 못했던 거야. 마시온 연구자의 전설이…… 사실이었어."

연두가 이 발견을 모두에게 공유했고 미미족은 더 이상 미래에 어떤 의문도 갖지 않게 됐다. 선조들의 언어를 가장 잘 알고 있었던 해독가가 준 힌트 덕분이었다.

"그 미래에 네가 함께했다면……."

나는 상실한 내일을 벌써부터 그리워했다. 이제부터 네가 없는 시간을 어떻게 보내야 할까. 나의 탄생과 너의 죽음이 공존하는 오늘, 미미족 사람들의 환호와 안도가 터져 나왔다. 커다란 벙커 안에 삶의 축복이 흘러넘쳤다. 오직 너 하나만 귀를 닫은 채로.

잠든 네가 궁금해했으면 좋겠다. 앞으로 펼쳐질 세계가 어떻게 될지 너무 궁금해서, 떠나가야 하는 발걸음도 잊은 채로 돌아왔으면 좋겠다. 눈을 번쩍 뜨고, 팔에 힘을 불어 넣고, 잠깐 졸았을 뿐이야, 하고 웃어 줬으면.

기적 없는 작별을 곱씹으며 나는 조금 울었다.

수일, 어쩌면 수주가 지났다.

예언대로 소행성 충돌은 실현됐다. 화산 폭발과는 비교가
되지 않는, 고막이 찢어질 것 같은 굉음이 며칠간 지속됐다.
태산이 무너지고 바다가 출렁이는 감각에 우리들은 괴로워했
다. 그러나 선조가 만든 지하 벙커는 튼튼했다. 그 어떤 미미
족도 다치거나 죽지 않았다. 모두가 우주적 재앙이 멎기만을
기다렸다.

나는 연두와 이록의 어머니로부터 그간 있었던 일을 찬찬
히 전해 들었다. 일록이 어쩔 수 없이 우리를 배신했던 이야기
는 충격적이었다. 그를 너무나 가혹히 원망한 게 미안했다. 일
록의 죽음을 회상하는 연두와, 이록의 죽음을 납득하지 못하
는 나의 얼굴은 무척 닮아 있었다. 우리는 지키고 싶은 사람을
지키지 못했다. 그러나 우리가 지키고 싶어 했던 사람은 마지

막까지 우리를 지키고 떠났다.

그러니 최선을 다해서 살 것. 이록의 어머니는 이 한마디로 모든 아픔을 갈음했다.

또다시 수주, 어쩌면 수개월이 지났다. 수프 캔이 고갈됐고 지하수를 끌어오는 파이프에도 이물질이 끼었는지 물 공급이 원활하지 않았다. 지하 벙커에도 종말이 찾아왔다. 더 이상 바깥에서 천지가 개벽하는 소리는 들리지 않았다. 평생 여기에서 머물 수는 없기에 밖을 살펴볼 필요가 있었다.

그 생각이 든 시점으로부터 일곱 번째 날, 용기를 내기로 했다.

"우리가 대표로 가 볼게요."

나는 연두의 손을 잡고 조심히 벙커의 계단을 올랐다.

"주홍아, 너는 못 느껴?"

"뭘?"

"감각이 좀 편해진 것 같지 않아? 소행성이 충돌한 뒤에도 간헐적으로 자연재해는 일어났을 텐데 이제 아무것도 느껴지지 않잖아."

연두가 손을 쥐었다 펴며 손바닥의 감각에 집중해 보라는 신호를 보냈다. 최근에 우리는 어떤 재해도 느끼지 못했다. 채집자의 징표이자 유전자에 각인된 낙인은 어디로 간 걸까. 어쩌면 선조들이 유전 씨앗에 새겨 놓은, 우리를 우리로 구분 짓게 했던 저주도 단지 이 벙커를 찾기 위해 유효 기간이 정해진 무언가일 뿐이었을지도.

계단을 올랐다. 돔의 입구에 섰다. 문을 열면 다시 바깥이 펼쳐지겠지. 여기는 행성의 뒤통수 구역이고 어둠만 있는 곳이다. 육안으로 보게 될 건 변함없는 어둠과 추위라고 추측했다.

"하나, 둘, 셋 하면 문을 열자."

"하나."

"둘."

두 개의 손으로 함께 문고리를 잡았다. 연두와 눈이 마주쳤을 때 하나 된 용기를 느끼며 고개를 끄덕였다.

"셋!"

이 행성에는 잃어버린 사람의 수만큼 많은 이야기들이 남아 있다. 세상에 밝음과 어두움이 매일매일 하루의 절반씩을 차지하던 때, 여름이 아닌 것도 존재했다지. 대지를 태울 듯이 내리쬐던 빛이 게으름을 피우면, 시간이 그 틈을 파고들어 세상의 옷을 갈아입힌다며. 어떤 산은 붉어지고, 어떤 산은 노래지고, 또 어떤 산은 갈색으로 뒤덮이는, 본 적 없는 세계. 초록 나뭇잎이 빨개지는 마법. 행성이 스스로 움직이고, 랑데부와 함께 걷는 일을 시작하면 다시 펼쳐진다던. 먼저 떠난 이들이 늘 궁금해했던 환상.

누군가는 그것을 계절이라고 했다.

"밖을 봐!"

두두족과 화합하는 일에는 실패했지만, 우리의 오늘을 실

252

패의 역사로 정의하지 않을 것이다. 내가 선물받은 희생을 위해 살아남은 사람 모두를 이끌어 하나가 될 것이다. 미미족이라는 이름도 이제 필요 없다. 족장으로서 나는 미미족의 해체를 선언하리라.

이제 우리는 대체되지 않는다. 누군가에게 착취당하지도 않는다. 우리는 완전해진다. 아주 사적이고 작은 쓰임새로써 서로를 보완하며 존속할 것이다. 영원히.

"세상에!"

문을 모두 열어젖혔다. 세상이 또렷했다. 어둠은 없었다. 행성의 뒤통수에도 랑데부의 빛이 쏟아졌다. 높게 치솟아 어디서든 보였던 하얀성의 꼭대기는 소행성 충돌의 여파로 파괴되었는지 흔적도 보이지 않았다. 시야가 쾌청했다.

"처음 보는 잎사귀잖아?"

그리고 우리는 목격했다. 어떤 붉은 산과 어떤 노란 산과 어떤 갈색의 산. 형형색색의 잎사귀. 덧없이 높은 하늘과 푸르른 바람. 서늘하고 청명한 대기. 결코 여름이 가지지 못할 냄새. 피부를 스치는, 상실했던 절기의 인사.

멈췄던 행성이 랑데부와 함께 돌고 있었다.

"일억 번째 여름이 끝났어!"

우리의 첫 번째 가을이었다.

영화 「차이나타운」에 이런 대사가 있다.

"증명해 봐. 네가 아직 쓸모 있다는 증명."

의도하지 않아도 삶은 증명의 연속이다. 합격과 불합격이 있고 점수가 매겨지며 순위가 만들어진다. 그것들을 다 충족하려 애쓰다 보면 아이는 이미 어른이 되어 있다. 반짝였던 순간들을 다 지난 후에야 어렴풋이 알게 된다. 기나긴 증명이 삶에서 별로 의미가 없었다는 것을.

나를 나로 살게 하는 이유는 때로는 소박하다 못해 하찮다. 또한 그 이유의 뿌리가 내가 아닌 타인에게 있기도 하다. 큰마음을 먹고 준비한 유머가 친구를 환하게 웃게 해 줬을 때 그날 당신의 잠자리가 유독 편안했다면, 당신의 오늘을 증명하는 것은 그저 친구의 짧은 웃음 한 번이다.

『일억 번째 여름』은 살아가는 이유를 완성해 준 사람을 위해 희생하려는 다섯 명의 아이들로 이루어진 솔라펑크 소설이다. 주홍과 이록, 일록과 연두, 백금과 주홍('백금의 여름'도 따로 있었으나 생략되었다.)의 연결 고리. 살갗을 태울 듯한 더위 속에서도 증발하지 않는 존재들의 연결 고리를 상상해 보고 싶었다. 백두산 폭발이나 메가 쓰나미 등 절대다수를 위협하는 막강한 자연재해들은 나의 아이들을 위한 시련을 떠올리는 일에 영향을 주었다. 감히 한 세계의 신이 된 마음으로, 소설 속 시작과 끝이 암시하는 창세기의 구절처럼 나는 한 세상의 탄생과 변혁을 설계했다. 자연에 짓밟히는 인간의 덧없는 생명이 결국 사랑을 존속시키는 꿋꿋한 힘으로 기억되길 바랐다. 수천, 수만, 수억 번의 열기가 그들을 갈라놓으려 해도 끝내 마음마저 갈라놓지는 못한 끝을 맺게 되어 슬프면서도 기쁘다.

서로 다른 우리가 차이를 이해하고 공존하기에 오늘도 우주에는 별이 반짝인다. 누군가를 밝혀 주고 또 빛을 받으며 우리는 쓰임새를 완성한다. 그러니 당신도 세상을 이루는 별이자 빛임을 말하고 싶었다.

이 작품은 핀란드에 실제로 존재하는 지하 방폐장 온칼로(Onkalo)와 온칼로를 다룬 호러 게임 「Burnt Matches」에서 영감을 받아 창작됐다. 미래 후손들을 위해 수많은 언어와 그림을 총망라하여 위험을 경고하는 대목은 놀랍게도 SF적 상상력이 아니라 현재 진행 중인 과정이다. 또한 빛균의 모티브는 한불해양포럼에서 알게 된 '남세균'이다.

작중 언급되는 '마시온' 연구자는 나의 과거 디스토피아 작품인 『사탕비』의 등장인물이다. 소설의 시작이 게임이었기에 나 또한 감사의 마음을 담아 게임을 만들었다. 『사탕비』와 『일억 번째 여름』의 중간 다리 역할을 하는 「마지막 봄」이다. 비주얼 노벨 장르이며, 세계관이 마음에 들었다면 즐겨 주시기를. 원활한 사운드 재생을 위해 PC에서 플레이하기를 권장한다.

어떤 여름 안에서도 당신은 혼자가 아님을 말하며.
2025년 캐나다의 초여름과 함께, 청예.

비주얼 노벨 「마지막 봄」 접속 링크
https://cheongyelee.itch.io/the-last-spring